LES

CHANTS DE L'AME

POÉSIES

PAR

Mlle ADOLPHINE BONNET

Tiens toujours ton regard plus haut que cette terre !

Alfred DE VIGNY.

TOULOUSE

IMPRIMERIE CH. DOULADOURE

ROUGET FRÈRES ET DELAHAUT, SUCCESSEURS

rue Saint-Rome, 39

1864

LES

CHANTS DE L'AME.

LES
CHANTS DE L'AME

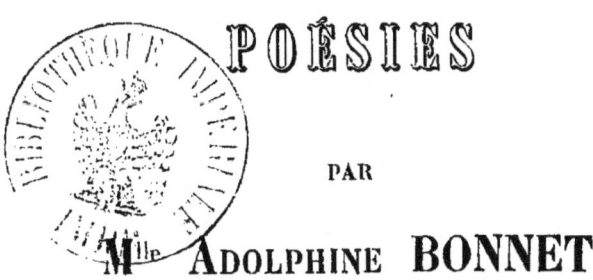

POÉSIES

PAR

Mlle Adolphine BONNET

Tiens toujours ton regard plus haut que cette terre !
Alfred DE VIGNY.

TOULOUSE

IMPRIMERIE CH. DOULADOURE

ROUGET FRÈRES ET DELAHAUT, SUCCESSEURS

rue Saint-Rome, 39

1864

A ma Mère.

———

Ces chants où j'épanchai mon âme,
A qui puis-je les dédier
Sinon à toi, doux foyer de ma flamme,
Toi qui m'appris à bégayer ?....

ADOLPHINE BONNET.

LETTRE PRÉFACE.

MADEMOISELLE,

J'ai parcouru avec un vrai plaisir le Recueil de Poésies que vous avez bien voulu m'adresser, et je suis heureux de pouvoir vous exprimer, avec mes remercîments, mes complètes félicitations. Il n'y a pas dans ces pages un seul mot dont la conscience la plus délicate ait le droit de s'effrayer, et c'est une consolation pour votre Archevêque de rendre à votre livre ce précieux témoignage.

Mais ce n'est pas évidemment là l'unique

viij

mérite de vos Poésies ; comme membre de l'Académie des Jeux Floraux, qui a déjà couronné
une de vos compositions, j'ai pu constater avec
joie dans votre Recueil un charme littéraire
auquel, sans nul doute, vos convictions reli-
gieuses ne sont pas étrangères. Votre âme de
poëte et votre foi de chrétienne se confondent
agréablement dans vos vers.

Persévérez dans cette voie, Mademoiselle, et
vous démontrerez une fois de plus que la source
de la véritable inspiration, c'est Dieu ; et que la
contemplation de ses œuvres apporte un parfum
plus suave et plus frais à mesure que l'âme qui
les regarde est aussi plus innocente et plus
pure.

S'il arrive, ainsi que j'en ai l'espérance, que
la publication de vos œuvres répande un peu de
gloire autour de votre nom, ne vous laissez pas
emporter par le bruit qui viendra vous distraire
dans votre solitude. N'oubliez jamais que la re-
traite sera toujours le lieu de vos meilleures
inspirations, et que votre simplicité et votre foi

d'aujourd'hui y seront aussi les plus sûres gardiennes de l'innocence de votre âme et de la beauté de votre talent.

C'est dans ces sentiments, Mademoiselle, que je vous envoie, pour vous et pour vos œuvres, ma meilleure bénédiction.

† FL. Archevêque de Toulouse.

Toulouse, le 10 juillet 1864.

LE BON PASTEUR.

En approchant de sa demeure
Pourquoi trembler, pourquoi frémir,
Alors que sa main à toute heure
Ne se lève que pour bénir ?
A genoux dans la sainte Eglise
Qui jamais eut peur du bon Dieu ?
Sous la figure qu'il a prise
Il est bien le même en ce lieu.

Autour de ce toit qui l'abrite
On croit voir des anges planer ;
C'est un ciel que le ciel visite ;
La foi ne peut s'en étonner.
Quel suave encens de prière
De bonheur et de sainteté
Ici parfume l'atmosphère !....
C'est l'oasis de la cité !

Ah ! bénissons la Providence
Qui pour vivre au milieu de nous
Prend des traits si pleins de clémence,
Un cœur si divinement doux !
Bénissons l'envoyé fidèle
Qui, modeste dans sa grandeur,
Porte d'une main paternelle
La houlette du bon Pasteur !

LES CHANTS DE L'AME.

L'INFINI.

Pièce couronnée par l'Académie des Jeux Floraux (1863).

> J'ai pensé à vouloir pénétrer ce secret, mais un
> grand travail s'est présenté devant moi.
> (Ps. LXXII.)

Pour tout esprit mortel n'est-il pas bien des heures
Où tout semble marcher et s'enfuir à grands pas ;
Où s'éteignent à l'œil les terrestres demeures ;
Où l'on n'aperçoit plus que ce qu'on ne voit pas :

Heures où la pensée au fond de noirs abîmes
Cherche, sans les trouver, des rayons inconnus ;
Où l'âme atteint parfois à des hauteurs sublimes ;
Où l'homme n'est pas mort, et pourtant ne vit plus :

1

Heures où l'on entend dans les cieux, sur la terre,
Des bruits dont les échos vibrent au fond du cœur ;
Où l'horizon lointain s'agrandit, se resserre,
Etincelle, pâlit, éblouit l'œil rêveur :

Heures où dans le cœur flottent mille fantômes ;
Où l'esprit rêve à tout, mais sans penser à rien ;
Où l'on se trouve seul dans la foule où nous sommes ;
Où l'on n'a plus dans l'âme aujourd'hui ni demain :

Heures où notre cœur est comme un frêle vase
Où tombe goutte à goutte un peu de tous les flots ;
Où la nature entière est pour nous une extase
Faite des cieux, des airs, des parfums et des eaux ?

Oh ! qui n'a pas senti de ces heures profondes
Où rien ne vit en nous que l'œil intérieur ;
Où comme un Océan aux frémissantes ondes,
L'appel de l'Infini fait déborder le cœur ?

L'Infini ! mot géant, mot terrible et suprême
Devant lequel s'éteint l'univers réuni,
Et qui pour s'expliquer n'a que son nom lui-même :
           L'Infini !

Pour bégayer ce mot nuit et jour l'homme épelle.
Il l'étudie, hélas ! mais ne le comprend pas.
L'Infini, c'est la soif de l'âme qui l'appelle
Et qui passe, cherchant s'il se trouve ici-bas.

Pauvre âme, l'Infini n'est pas de cette terre !
Va, cherche-le partout, dans l'astre et dans les flots,
Sur les monts, les rochers, fiers colosses de pierre,
Au calice des fleurs, dans le nid des oiseaux.

Cherche, cherche partout ! va plus loin ; cherche encore !
Vois ; ne serait-il pas dans le vent qui s'enfuit ?
Qui sait ? Dans les forêts, dans les bois, dans l'aurore,
Dans les rayons du jour, les vapeurs de la nuit ?

Cherche-le dans les airs, dans l'horizon immense,
Dans l'harmonie émue où parfois tu t'endors ;
Cherche-le dans la joie et puis dans la souffrance ;
Cherche-le dans le monde aux séduisants dehors !

Vois si quelque âme enfin satisfaite et sereine,
Possède l'Infini, ce besoin de nos cœurs.
Va, demande aux trésors cette paix souveraine,
Aux gloires d'ici-bas, aux terrestres bonheurs !

Pauvre égarée ! ailleurs guide ta flamme errante,
Bien loin de ces foyers qui s'éteindront demain ;
Va planer au-dessus de leur lueur tremblante :
Il faut à ton regard des splendeurs sans déclin.

Tout s'efface ici-bas : gloire, bonheur, ivresse,
Semés dans le chemin de l'immortalité ;
La nature elle-même, idole enchanteresse,
Au lieu de l'Infini, n'a que l'immensité.

Ame, poursuis ta route à travers le mystère ;
Sans chercher l'Infini dans les cieux ni les eaux,
Si tu veux entrevoir sa splendide lumière,
Cherche, mais que ce soit par-delà les tombeaux.

Sache bien qu'ici-bas tout est voile ou nuages,
Et qu'on ressent partout la triste vérité
De ce gémissement redit par tous les âges :
« Vanité, vanité ! tout n'est que vanité !.... »

L'AMOUR.

Sonnet qui a remporté un Prix au concours
du Journal de Domfront.

> Le cœur a ses raisons que la
> raison ne peut comprendre.
> (PASCAL.)

C'est du foyer divin l'étincelle sublime ;
C'est la suprême soif de l'homme voyageur ;
C'est l'éclair qui jaillit de la céleste cime
Quand le monde tomba des mains du Créateur.

Rien n'est si près du ciel ni si près de l'abîme ;
C'est la vie ou la mort, l'extase ou la douleur ;
C'est le phare ou l'écueil, l'héroïsme ou le crime,
La torture de l'âme ou le parfum du cœur ;

C'est un nom qu'ici-bas toute lèvre murmure
Et que chante avec nous la voix de la nature
Dans un chœur solennel des anges répété ;

C'est une fleur qui germe avec ses premiers charmes
Sous le feu de nos cœurs et sous l'eau de nos larmes,
Mais qui ne resplendit que dans l'Eternité.

L'ANGE DES TOMBEAUX.

Heureux l'homme pour qui la prière attendrie
S'élève des lèvres d'autrui !

(LAMARTINE.)

Du clocher lentement douze coups retombèrent ;
La lune dévoila son regard dans les cieux ;
Et dans le champ des morts des soupirs s'élevèrent,
Tandis qu'un ange en deuil, au vol silencieux,
De son aile effleurait les dômes ténébreux.

C'était le messager du ciel et des abîmes,
Qui venait recueillir les plaintes des tombeaux,
Pour les porter demain aux radieuses cimes
D'où tombe le pardon sur les sombres cachots
Qui gardent les absents, le cœur froid, les yeux clos.

L'ange planait, veillant sur le sommeil des ombres ;
Soudain il s'arrêta dans un frissonnement :
Son regard s'abaissant sur les demeures sombres,
Vit l'herbe s'émouvoir d'un long frémissement,
Et ces mots à ses pieds montèrent lentement :

« Terre que j'aimais tant, pourquoi m'es-tu si lourde ?
» Pourquoi suis-je oppressé de terreur et d'ennui,
» Et n'ai-je plus d'humain que cette plainte sourde,
» Pour gémir chaque fois que le soleil a fui,
» Aujourd'hui comme hier, demain comme aujourd'hui ?

» Oh ! qu'il en a passé des jours, des jours encore,
» Depuis qu'on me coucha dans ce funèbre lieu !
» Un long siècle a dû fuir aurore sur aurore,
» Depuis que, sanglotant mon déchirant adieu,
» Je me suis endormi de ce sommeil de feu !

» Oui, de feu ! car la mort m'a plongé dans ce gouffre,
» Tout brûlant de remords qui ne s'éteignent pas !
» Car je ne suis que cendre et cependant je souffre !
» Moi qui sus le bonheur quand je vivais là-bas,
» J'ai connu le martyre au delà du trépas !

» Est-ce du Seigneur Dieu la suprême vengeance ?...
» Dieu ? je l'ai méconnu !... Mais aujourd'hui, je crois !
» J'ai passé, lui jetant le parjure et l'offense,
» Mais il m'a terrassé ! Le remords est sa voix,
» En reproche éternel psalmodiant ses lois !

» Je te confesse, ô Dieu ! car ta puissance est grande !
» Mais reçois-tu des morts l'inévitable foi ?
» Accueilles-tu d'un cœur cette tardive offrande ?
» Non ! mon heure a passé ! honte et malheur à moi !
» O Dieu ! je te confesse : à jamais gloire à toi ! »

— Sur les tombeaux penché l'ange écoutait encore ;
Mais la lugubre voix s'éteignit dans les pleurs.
Les étoiles tombaient du manteau de l'aurore,
Et parsemaient à flots les feuilles et les fleurs.
L'ange en deuil s'envola dans de blanches vapeurs.

Pour lui, du firmament s'ouvrit la porte close :
Mais que se passa-t-il au ciel ?.... Nul ne le vit !
Baisant sur les cercueils plus d'une fleur éclose,
Encore un jour passa, rayonna, puis pâlit....
Et quand la nuit tomba, l'ange redescendit.

Dans sa mélancolie on voyait un sourire ;
Sa languissante main tenait une clef d'or ;
Et, d'une douce voix, on put l'entendre dire :
« Toi qui crois au Seigneur et qui souffres encor,
» N'as-tu jamais au pauvre épanché ton trésor ? »

A ces accents divins, les tombes tressaillirent ;
Et l'ombre répondit : « Dieu sait tout ! Je fus bon ! »
Dans les airs frissonnants des hymnes retentirent,
Et l'Ange dit plus bas, entr'ouvrant la prison :
« Pour toi des mendiants ont demandé pardon ! » —

Et les voilà partis pour les divines sphères,
Entonnant tous les deux un chant de liberté !....
Et le ciel s'est ouvert sans voiles ni mystères. —
Après les voyageurs un sillon est resté
Où sont écrits ces mots : Clémence et Charité !

LA BELLE-DE-NUIT.

Douce et timide solitaire,
Belle-de-nuit, modeste fleur,
Tu fais bien d'aimer le mystère
Et le silence et la fraicheur !
Je ne t'avais pas vue encore ;
Mais mon cœur, par ton nom séduit,
T'aimait déjà, Belle-de-nuit !
Vierge que le soleil ignore !

O phalènes veilleurs !
Nocturnes voyageurs,
En volant auprès d'elle
Si vous la trouvez belle,
Murmurez-le si bas
Qu'elle n'entende pas !

Belle-de-nuit, quand vient ton heure
Le ciel veille et la terre dort ;
L'air chante et le rossignol pleure ;
Tu vis lorsque tout semble mort,
Le chaste regard de l'étoile
Illumine seul ton front pur,
Et sous sa paupière d'azur
Sourit à l'ombre qui te voile.

O ruisseau qui t'en vas
Ne la reflète pas !
Cache-lui sous l'ombrage
Sa ravissante image !
Laisse-la sans miroir
Plaire sans le savoir !

Ce qu'un jour éclipse d'aurores
Sous l'œil brûlant du soleil-roi,
O Belle-de-nuit ! tu l'ignores,
Tant mieux ! te l'apprendre.... pourquoi ?
Tu rêverais splendeurs et gloire,
Et les consumantes ardeurs
Qui donnent la fièvre à tes sœurs ! —
Mieux vaut l'ombre, tu peux m'en croire !

O frais zéphir du soir !
Ne lui fais pas savoir
Des chaudes atmosphères
Les délirants mystères !
Laisse à la pauvre fleur
Ignorance et bonheur !

SIMON-PIERRE.

Assis au bord des flots, Jésus parlait à Pierre,
Jésus ressuscité, dont le corps sous la pierre
    Durant trois jours avait dormi ;
Et Pierre, agenouillé sur l'humide rivage,
Laissant couler ses pleurs sur son rude visage,
    Ecoutait le céleste ami,

Qui, roi découronné d'un royaume invisible,
Songeait à convertir en athlète invincible
    Le disciple une fois battu.
Délaissant avec lui les froides paraboles
Jésus l'interrogea dans ces simples paroles :
    « Simon, fils de Jean, m'aimes-tu ? »

Pierre, l'âme oppressée et le cœur plein d'alarmes,
Ecouta cet accent au milieu de ses larmes ;
    Puis, avec tristesse et douceur :
« Vous le savez, dit-il ; oui, Seigneur, je vous aime ! »
Et sa voix s'éteignit dans un sanglot suprême,
    C'était le serment de son cœur.

Mais le Sauveur, pensif, semblait ne pas entendre
Le serment désolé, la réponse si tendre
    De cette fragile vertu ;
Il laissa retomber, plus douces et plus lentes,
Pour la seconde fois ces paroles touchantes :
    « Simon, fils de Jean, m'aimes-tu ? »

Le disciple, à genoux, avait courbé la tête ;
Sa pâleur décelait l'émotion muette ;
    Ses lèvres n'osaient s'entr'ouvrir.
Enfin par un effort triomphant de lui-même,
« Vous le savez, dit-il ; oui, Seigneur, je vous aime,
    » Et pour vous je saurais mourir ! »

Mais Jésus, toujours grave et plus mélancolique,
Laissa lire au pêcheur dans son œil sympathique
    Comme un doute en vain combattu ;
Puis divinement triste et suavement tendre
Il reprit d'une voix qu'on put à peine entendre :
    « Simon, fils de Jean, m'aimes-tu ? »

Pierre, bouleversé jusqu'au fond de son être,
Sentit son front rougir sous l'œil du divin Maître
    Et sous un amer souvenir ;
Le remords dans son cœur l'appelait infidèle,
Et, lui renouvelant une scène cruelle,
    Lui disait : « Dieu veut te punir ! »

Mais, levant son regard sur l'homme du Calvaire,
Et voyant qu'il était plus tendre que sévère
    Et qu'il semblait le supplier ;
« Ah ! vous avez, dit-il, la science suprême !
» Vous savez mieux que moi, Seigneur, que je vous aime,
    » Et que je vis pour expier ! »

Puis, venant retomber aux pieds du Fils de l'Homme,
Aux pieds d'un Dieu jaloux de l'amour d'un atome
    Auquel il daigna faire un cœur ;
Il adora ce front céleste, pur et calme,
Ce front où le martyre avait posé sa palme,
    L'éternité, son sceau vainqueur !

Et Jésus déposa son sceptre aux mains de Pierre.
Pour garantir les lois qu'il laissait à la terre
    Des tempêtes de chaque jour,
Le Maître avait assez d'un pêcheur de la grève
Qui s'en allait combattre avec la foi pour glaive,
    Pour mot d'ordre, un serment d'amour !

LA MER.

—◁▷—

Je n'ai pas vu la Mer, non, mais je la devine !
  Je sais d'instinct ses sublimes horreurs,
  Et ses beautés d'une grandeur divine,
Et son immense voix, ses terribles clameurs !

Je connais ses accents quand son flot qui se brise
  Chante un hymne au Seigneur,
Et je les sais aussi quand une douce brise
Unit au bruit des eaux son concert enchanteur.

  Je sais ses vagues écumantes
Et son flux et reflux aux bruits pleins de terreur ;
Et je sais son murmure aux heures de douceur,
Quand soupirent tout bas ses ondes gémissantes.

Vaste et presque infini, de son immensité
J'aime, sans l'avoir vu, l'immesurable espace,
Tenant dans l'univers une si grande place
Qu'il nous semble un rayon de la Divinité !

De ses grands horizons j'aime les lignes sombres
Où semblent confondus la terre, l'eau, les cieux ;
J'aime de ses reflets les clartés et les ombres ;
Et le jour et la nuit elle est belle à mes yeux !

Elle est belle le jour, quand le soleil la dore
Et que dans ses replis il mire ses rayons ;
Mais je crois que la nuit elle est plus belle encore
Quand les astres d'argent s'y baignent par millions !

Elle est belle toujours !... Au pied de la falaise
        Lorsqu'après son courroux
        Sa grande voix s'apaise ;
    Oh ! que son bruit doit être doux !

Et moi qui l'aime tant, qui la rêve à toute heure,
        Faudra-t-il que je meure
        Sans avoir pu la voir ?
Non !... de la contempler mon cœur nourrit l'espoir !

RÊVES ET DÉCEPTIONS.

Qui n'a souri, dans ses rêves d'enfant,
A l'avenir qu'il lui tardait d'atteindre?
Qui n'a doré, le soir, en s'endormant,
Ces beaux jours de plus tard qui n'apportent souvent
Que des flots où l'espoir tristement va s'éteindre?

Comme un nuage d'or qui brille au firmament
Et qui, l'instant d'après, retombe en eau limpide,
Nos rêves enchantés, vapeur douce et rapide,
        Retombent, hélas! tristement
En larmes de regret, et laissent l'âme aride!

Mais à peine l'essaim de nos illusions
    A-t-il vu s'envoler un songe,
Que, pour nous consoler de nos déceptions,
Nous brodons de nos pleurs, délicieux mensonge !..
    Nouvelles fleurs, nouveaux rayons !

Et toujours nous rêvons ! toujours las de la veille,
    Et fatigués du jour présent,
Nous berçons notre ennui toujours en nous disant :
Demain, je n'aurai pas déception pareille !
Demain matin, à l'heure où le soleil s'éveille,
Le bonheur avec lui pour moi se réveillant,
Viendra me dire enfin : Me voici ! sois content !

Mais, hélas ! le bonheur, de son aile légère
A peine vient frôler notre âme qui l'espère !
Tous les jours infidèle, attendu tous les jours,
Il passe près, bien près, mais en volant toujours !

    Le bonheur?.. Eh ! qui peut l'atteindre ?
    Brillante fleur au parfum des plus doux,
Mais suspendue, hélas ! si loin, si loin de nous,
    Que sans doute elle doit nous plaindre
Lorsque nos pauvres cœurs, songeant à la ravir,
L'appellent du regard, dans un triste soupir !

Et si parfois il semble
Que vers nous doucement
Elle penche en nous souriant
Sa corolle qui tremble,
Alors notre bras frémissant
S'élance pour saisir ce trésor ravissant !...

Mais si jamais un seul pétale
Détaché du calice aimé
Reste en nos mains, c'est toujours le plus pâle
Et le moins parfumé !

Et puis sans tige, hélas ! que sa vie éphémère
Languit et s'éteint tristement !
Ainsi passe et s'enfuit tout plaisir de la terre,
Moins rapide est l'aile du vent !

MES DÉSIRS ET MES ESPÉRANCES.

SONNET.

Je ne désire pas une vie éclatante;
Qu'importent les splendeurs dans un exil d'un jour?
Mais je demande au ciel que l'amitié constante
Parfume mon passage au terrestre séjour.

Si Dieu garde toujours à ma tendresse ardente
De quelques nobles cœurs l'affectueux retour,
Vers lui s'élèvera ma voix reconnaissante,
Je n'attendrai plus rien de son puissant amour.

Et lorsqu'après ma mort ceux à qui je fus chère
Sur ma tombe viendront murmurer leur prière,
Je les verrai pleurer, de mes yeux endormis,

Et mon âme envolée ira garder près d'elle
Dans les palais divins la place des amis...
Et là notre union sera faite immortelle !

ME GARDEREZ-VOUS VOTRE SOUVENIR ?

Nature adorée , aimable printemps ,
Étoile du soir à mon cœur si chère,
Rayons du soleil , fleurettes des champs ,
Beaux petits oiseaux à l'aile légère ,
Jolis papillons à vie éphémère ,
Perles du matin , gracieux zéphyr ,
Quand la mort viendra clore ma paupière ,
Me garderez-vous votre souvenir ?..

Du jour qui s'endort murmures touchants,
Si doux quand la vie au cœur est amère,
Forêts où, la nuit, s'engouffrent les vents,
Horizons lointains, brillants de lumière,
Montagnes, rochers à la cime altière,
Quand de cet exil je devrai sortir,
Vous que j'entourai d'un culte sincère,
Me garderez-vous votre souvenir?..

Et vous, mes amis, dont les sentiments
Ne laissèrent pas mon cœur solitaire,
Vinrent consoler mes tristes moments,
Firent la douceur de ma vie entière,
Si pour le ciel bleu je pars la première,
Si plus tôt que vous je me sens mourir,
Quand aura sonné mon heure dernière
Me garderez-vous votre souvenir?

En le demandant, de vous je l'espère;
Et j'exhalerai mon dernier soupir
En vous redisant comme une prière :
« Me garderez-vous votre souvenir? »

UN TOUT PETIT DÉMON.

Il est au monde un tout petit démon,
    Dont l'enfer n'est pas l'origine.
    Si vous me demandiez son nom
    Vous le dirais-je ?... Pourquoi non ?
    Ce démon s'appelle Fifine.

Gentil démon , ma foi ! que jadis , presqu'hier ,
Je tins avec bonheur sur les fonts du baptême ,
Un démon baptisé ?.. C'est le mensonge même!..
    Penserez-vous. — Mais ce démon que j'aime
Déjà je vous l'ai dit, ne vient pas de l'enfer.
appelez-vous-le bien , car son honneur m' e st ch er.

Pourquoi l'appelé-je démon ?
Ah ! certes , parce que Fifine
Dans son ravissant abandon ,
Dans sa naïveté , sa candeur enfantine,
Laisse percer parfois des caprices charmants ,
Vouloirs impérieux que ses grands yeux brillants,
    Sa bouche souriante et fine ,
    Sa gentille tête mutine
    Vous imposent comme des lois
Qu'on sait plus volontiers que les codes des rois.

    Au fait , ce démon de deux ans
    N'exige rien qui soit trop difficile !
Peut-être pour avoir quelque jouet fragile
    Vous fera-t-il les grosses dents
Sans les avoir... Ou bien ses petits pieds ardents
    Vous mèneront dans un coin de la ville
Où l'on vend... devinez ? des bonbons, des fondants !

Tenez , je vous l'assure ; elle est plus que gentille !
Ma petite Fifine , aux doux gazouillements.
Avec ses grands amis, souvent elle babille
Dans ce léger langage aux mystères touchants
    Qui n'appartient qu'aux tout petits enfants.

Devinez donc comment elle traduit : *Marraine ?*
Vous chercheriez vingt ans , sans trouver jamais rien !
Ce nom qu'elle inventa sans fatigue ni peine
Et qui , doux et suave , à mon cœur fait du bien ,
    Le voici ; c'est : *Mélin !*

Oui , je suis sa *Mélin !* mais elle est ma Fifine !
C'est encor bien gentil , bien frais et bien mignon.
  Oh ! voyez-vous , quand je serai chagrine
Je penserai tout bas à mon petit démon,
Et la gaîté viendra , rien qu'à dire son nom ! ..

Joyeux petit démon, pourquoi suis-je si folle
  De tes ébats , de ta charmante humeur ?
Au moins puisque de toi ta marraine raffole ,
Réserve-lui toujours , pour faire son bonheur
Un peu d'affection dans ton cher petit cœur !

LES SOUFFRANCES DU CŒUR.

Les souffrances du cœur sont les seules réelles ;
Les larmes qu'il répand sont les seules cruelles ;
Souffrir avec le cœur, c'est pire que mourir :
Quand le cœur est heureux, c'est peu d'être martyr.

Il est bien des douleurs pour l'humaine nature ;
Mais est-ce donc souffrir quand le corps seul endure ?
Non !... L'unique souffrance et l'unique douleur
C'est, pour qui sait sentir, la tristesse du cœur !

L'âme, au sein des revers, peut être souriante,
Quand sur de vains hochets ses maux se sont posés ;
Elle peut dominer, sereine et rayonnante,
Les débris de sa gloire et ses rêves brisés :

Mais quand le souffle amer des chagrins, des tristesses,
Touche ses sentiments ou ses délicatesses,
Elle pleure toujours, parfois cache ses pleurs ....
Mystérieux tourments ! vénérables douleurs !

Qui n'a souvent dévoré bien des larmes,
Refoulé ses chagrins, comprimé ses regrets ;
Qui n'a plus d'une fois déguisé ses alarmes
        Pour les cacher aux regards indiscrets ?

Du cœur blessé fierté sublime !....
Du malheureux noble et triste grandeur !....
Des souffrances de l'âme incomparable abîme !...
Nul que l'être isolé, saturé de malheur,
Ne sait de vos tourments l'immense profondeur.

LE PLAISIR.

A mon amie Louise B.

Voyageur séduisant du beau pays des songes,
Louise, l'as-tu vu dans ton riant sommeil,
Ce charmant feu follet aux attrayants mensonges
Qui nous sourit la nuit et s'enfuit au réveil ?

Plus rapide que l'air, plus vif que l'étincelle,
Plus léger et flottant qu'un volage désir,
Il bâtit d'une fleur sa fragile nacelle,
Et navigue au hasard sur la mer la plus belle,
Sans souci d'aviron, confiant au zéphyr,.....
Ce fol aventurier qu'on nomme le plaisir !

Son aile est embaumée, humide et caressante,
    Et son regard sourit.
Jamais il n'a pleuré, pourtant sa voix frémit;
    Et sa prunelle rayonnante
Brille de tant d'éclairs qu'on la croit larmoyante.

    Capricieux, inconstant sans pareil,
Il ne revoit jamais deux fois la même plage;
    Il se drape dans un nuage,
    Il joue en un brin de soleil.

    Lumineux de reflets magiques,
D'une fée il reçut sa baguette au bois d'or :
Aux parfums d'ici-bas parfois il joint encor
    Des senteurs exotiques.

    De quelle patrie est-il donc venu ?
      Ah ! c'est un mystère !...
Il se cache au soir sous notre paupière;
Il est séduisant comme l'inconnu.

    Pétillant d'impatience,
    Il piétine dans les airs,
    De son aile il bat les mers,
Il charme en folâtrant son éternelle enfance.

Plusieurs l'ont entrevu comme un rêve au départ,
    Nul jamais n'a pu le surprendre.
Il s'enfuit à l'appel, il s'envole au regard;
Pour se donner enfin qui donc doit-il attendre?

    Demande-le-lui doucement
Quand il se penchera sur tes rêves, Louise;
Appelle-le si bas qu'il réponde en dormant,
Bercé par ta parole, ainsi que par la brise.

Alors il te dira tous ses jolis secrets.
    Comme on les dit en songe,
Et tu sauras pourquoi son nom est un mensonge,
Et pourquoi son départ laisse tant de regrets!

Vers ce qui nous ressemble un aimant nous attire,
Aussi dans son beau livre il te laissera lire,
    Je crois...
Car il reconnaîtra son écho dans ta voix
    Et sa grâce dans ton sourire.

INSTINCT DE L'IMMORTALITÉ.

Sans cesse le présent dans le passé retombe ;
Le soir efface un jour à l'horizon lointain ;
Le siècle suit le siècle et dans l'oubli succombe ;
Tout marche au même but par le même chemin.

Chaque jour nous hâtons dans un vœu d'espérance
Ce que nos cœurs séduits appellent l'avenir,
Comme s'ils ignoraient que, dans son vague immense,
L'avenir, c'est la tombe, et demain, c'est mourir !

Pourquoi ces vains espoirs dont notre âme s'abuse,
Ces aspirations que rien n'apaisera ?
Comme nous, près de nous, tout vieillit et tout s'use :
D'où vient que l'homme seul au néant se refuse,
Et, tandis qu'il se meurt, croit encor qu'il vivra ?

Qui donc le lui prédit, sinon l'éclair céleste
Qui sillonne parfois notre obscur horizon ?
Qu'est ce pressentiment, sinon le dernier reste
De ce souffle que Dieu, dans un amour sans nom
Lui légua comme un sceau d'ineffable union ?

Ce souffle a survécu malgré tous les orages ;
Il dirige notre âme à travers ses sentiers ;
Et, comme il se souvient des parages premiers,
Il pousse notre cœur aux célestes rivages.

Mais plus d'un sombre écueil effleure notre esquif,
Et le souffle d'en-haut parfois semble se taire ;
Alors, quand a pâli l'astre qui nous éclaire,
Nous le cherchons encore, et, d'un accent plaintif,
    Nous gémissons une prière.

Il ne s'éteindra pas ; et sa pure clarté
Ne vacille parfois que pour briller plus douce,
Car ce flambeau divin, que l'insensé repousse,
    Emane de l'éternité !

Et c'est pourquoi jamais ce qui meurt, ce qui passe,
N'a satisfait d'un cœur les élans infinis !
Vides ou passagers, tous nos bonheurs unis,
A l'âme ne sauraient faire oublier la trace
Du foyer éternel où, toujours réunis,
D'aimer et de jouir jamais on ne se lasse !

PRIÈRE.

Mon Dieu ! penche-toi vers mon âme ;
Toi d'où vient la vertu, le bonheur, le secours,
Dis-moi tous mes sentiers, et quand mon cœur s'enflamme
Vers toi, Seigneur, dirige-le toujours !

Que je sois ton enfant, que je t'aime et t'adore,
Confiante dans ta bonté.
Sois mon céleste guide, et lorsque je t'implore
Que mon soupir soit écouté !

Si je tremble, si je chancelle,
Oh ! viens me soutenir et me tendre la main !
Si je devais un jour à ta voix qui m'appelle
Ne plus répondre, hélas ! devenir infidèle,
Mon Dieu, fais-moi mourir, n'attends pas à demain.

Oh ! fais-moi toujours fuir ce qu'on nomme le monde,
Où tout séduit et ment, et ternit la vertu,
De désenchantement source amère et profonde,
Où loin de toi le cœur est si vite abattu !

Peuvent-ils être heureux ceux que sa voix attire
  Et qui volent à ses trésors ?
Ne vaut-il pas bien mieux ma paix que leur délire,
Lorsqu'après ma prière en rêvant je m'endors ?

Mon Dieu ! tout est si doux sous tes lois adorables !
Il fait si bon pleurer à l'ombre de l'autel !
Combien un seul regard envolé vers le ciel
A pour le cœur blessé de baumes ineffables !

  Eux, mon Dieu ! vers qui leurs soupirs
  S'épanchent-ils dans la souffrance ?
 Nous qui t'aimons, nous avons l'espérance ;
Mais eux l'ont-ils gardée au sein de leurs plaisirs ?

 Quand ces plaisirs s'envolent infidèles,
  Lorsque l'illusion a fui,
Quand ils n'ont plus au cœur que le vide et l'ennui,
L'ange de la pitié pour eux a-t-il des ailes ?

Qui pleure avec eux et les plaint,
Eux qui n'ont pas de foi dans ta sainte parole ?
Qui leur sourit et les console
Lorsque leur âme, hélas ! n'est qu'un foyer éteint ?

Oh ! qu'une divine étincelle
Tombe sur ces débris follement épuisés,
Afin que de ces cœurs las et désabusés
Jaillisse encor une flamme immortelle.

Je t'implore pour eux, Seigneur, exauce-moi !
Et puis toujours aussi garde-moi sous ton aile ;
Malgré tous les écueils, fais que je sois fidèle
Et que je meure en bénissant ta loi.

Seigneur ! mon âme est faible et songe avec effroi
Aux heures de douleur que chaque jour nous donne.
Quand pour vivre ici-bas la force m'abandonne,
N'ai-je donc plus au ciel l'étoile de la foi ?
Sans avoir combattu je voudrais la couronne ;
O mon Dieu, soutiens-moi !

MYSTÈRE.

Toujours fidèle
A ton doux nid,
Humble hirondelle
Que Dieu bénit,
Jamais ton aile,
Caressant l'air,
Arrive-t-elle
Jusqu'à l'éther ?

Dans ta prière,
Naïf enfant,
Toi que ta mère
Berce en chantant,
Toi que réclame
Le beau ciel bleu,
Dis, ta jeune âme
Voit-elle Dieu ?

Quand se dévoile
A l'horizon,
Charmante étoile,
Ton doux rayon,
Comme un sourire
Comme un adieu,
Viens-tu de luire
Aux pieds de Dieu ?

Brises plaintives,
Parfums des fleurs,
Soupirs des rives,
Larmes des cœurs,
Comme une feuille
Perdue au vent,
Qui vous recueille,
Qui vous entend ?

Brumeuse terre,
Ciel étoilé,
Tout est mystère,
Tout est voilé !
Ne pas comprendre,
C'est bien souffrir....
Mais pour apprendre
Il faut mourir !

TROIS TRISTESSES.

Fleur éclose dans l'ombre,
A ta corolle sombre
Pourquoi rien de vermeil ?...
C'est que la fleur naissante
Veut, pour être brillante,
Un regard du soleil !

Bel enfant, vie aimante,
Pourquoi lorsque tout chante
Pleures-tu vers le ciel ?...
C'est qu'à l'enfant sans mère
Rien ne rend sur la terre
Un baiser maternel !

Pourquoi ta voix pensive
Se plaint-elle à la rive,
Pauvre petit oiseau ?...
C'est que les eaux profondes
Ont perdu sous leurs ondes
Ton nid, frêle berceau !

Mon Dieu ! quand vers la terre
Tu penches ta paupière
Et ta main qui bénit,
Songe à l'enfant sans mère,
A la fleur sans lumière,...
Songe à l'oiseau sans nid !

LES CIMETIÈRES.

Amis des sentiers solitaires,
Ames en deuil, cœurs abattus,
Venez aux champs des morts, lugubres sanctuaires ;
Si vous y semez des prières,
Vous y cueillerez des vertus.

Ici, tous ont fini leur course aventureuse ;
Plusieurs ont traversé les flots où nous passons ;
D'autres ont abrité leur barque voyageuse
Après avoir à peine aidé leurs avirons.

Ils trouvèrent ici le port après l'orage,
Le repos après les combats ;
C'est la dernière halte à notre long voyage,
La seule qui ne finit pas.

Une plainte gémit à travers les ténèbres ;
D'où viennent ces soupirs dans le champ du trépas ?
    Seraient-ce les hymnes funèbres
    De ceux qui dorment sous nos pas ?

Ou n'est-ce pas encore un frisson de ces ombres
Qu'émeut jusqu'au tombeau l'approche des vivants ?
Peut-être entendent-ils dans leurs demeures sombres
    L'écho de nos accents ?

Oh ! ne les troublons pas sous leurs linceuls de pierre !
    Mais pour eux prions à genoux !
Ombres, rendormez-vous ! nous sommes de la terre,
    La terre n'est plus rien pour vous !

Que dis-je ?... un souvenir peut-être vous rattache
A la patrie en deuil où l'on vous croit perdus ?
Peut-être à chaque bruit qui des voix se détache
    Cherchez-vous des accents connus ?

Peut-être écoutez-vous si les larmes plaintives
D'un ami qui pressa votre main au départ,
Viennent parfois jaillir sur vos tombes pensives,
Comme elles s'épanchaient au suprême regard ?

Trop souvent l'abandon répond à votre attente ;
Votre froide dépouille est laissée à l'oubli
Parfois jusques au jour où, sous la même tente,
L'ami vient à son tour poser son front pâli.

Oh ! nous prions pour tous dans ces plaines de l'ombre,
     Mais surtout pour les délaissés !
Pour ceux dont nul rayon n'étoile la nuit sombre,
Et qui n'ont plus revu ceux qu'ils avaient laissés !

Pauvres morts que jamais une voix ne rappelle !
     Déshérités du souvenir !
Qui n'entendent jamais le bruit d'un pas fidèle,
Qui ne reçoivent pas l'aumône d'un soupir !

Oh ! ne frissonnez plus, pauvres âmes souffrantes !
Si plus d'un vous oublie, à nous d'avoir pitié !
Nous viendrons remplacer aux tombes gémissantes
     Les parjures de l'amitié !

Mais ce n'est pas de nous que vos ombres plaintives
     Sollicitent les pleurs !
Pour rappeler ici vos âmes fugitives,
Il faudrait une voix précieuse à vos cœurs !

Eh quoi ! faut-il souffrir, même après le passage
Des tentes du combat aux plaines du repos ?
Quand à nos yeux s'enfuit le terrestre mirage,
N'avons-nous pas au moins la paix dans les tombeaux ?

Ombres, vous le savez !... en vous la mort épanche
Des mystères voilés sous l'if et le cyprès !
Nous, nous cherchons toujours ! —Mais chaque heure nous penche
Vers vous qui savez-tout !—Sous l'ombre de la branche,
        Puissiez-vous nous attendre en paix !

LES FEUILLES MORTES.

Aux profondeurs des bois ou sur le seuil des portes,
   Vers l'automne, n'aimez-vous pas
   Voir tournoyer devant vos pas
   L'essaim tremblant des feuilles mortes ?

Le premier vent d'hiver au glacial réveil
Arrache aux bois flétris leur dernière auréole ;
   Adieu des arbres au soleil,
   Mélancolique et doux symbole !

   Pluie égarée aux froids autans...
   Souvenirs des fraîches verdures....
   Vieillesse des prés et des champs....
   Vol du trépas, sombres augures !

La brise les emporte et ne reviendra pas ;
Dans des bois dépouillés que caresserait-elle ?
        Elle va rafraîchir son aile
Aux lieux où la verdure ignore le trépas.

L'Aquilon la remplace, ami des froides ondes,
Des arbres sans ramure et des cieux sans soleil ;
Il chérit les écueils, les cavernes profondes,
Il berce des rochers l'impassible sommeil !

Il grondera longtemps sur les montagnes blanches,
Il troublera les eaux, les forêts, bien longtemps
Avant que les zéphyrs, premiers-nés du printemps,
Viennent sous leurs baisers fondre les avalanches.

Et longtemps, bien longtemps, les arbres dépouillés
        Pleureront leur verdure.
    Longtemps les fleurs, les oiseaux exilés
    Délaisseront cette triste nature.

        Quand on est fleur ou bien oiseau,
        Quand on s'envole ou qu'on parfume,
    Que faire en des pays voilés de froide brume,
    Où l'on n'aperçoit plus de feuilles au rameau ?

Et pour l'aile et pour la corolle
Une feuille, c'est un abri :
La fleur fane et l'oiseau s'envole
Lorsque tout feuillage est flétri.

Où va-t-elle, la pauvre feuille
A l'arbre prise par le vent ?
Quelle plage au loin la recueille ?
Vers où part-elle en nous quittant ?

Où tombera sa dentelure,
Plaintive couronne de deuil ?
Peut-être, de la mort sympathique parure,
Ces feuilles où s'éteint un reste de verdure
Des tombeaux endormis s'en vont joncher le seuil ?

Qui sait ?... La mort a des mystères !
Peut-être qu'une feuille est parfois un adieu
Qu'envoie aux trépassés, sous l'if des cimetières,
La nature où jadis leurs âmes passagères
Entrevirent le ciel et devinèrent Dieu ?...

Peut-être que parfois une feuille flétrie
Est un doux souvenir
Venant parler aux morts de la chère patrie
Qui les vit naître et puis mourir ?...

O destin des feuilles qui tombent !
Mélancolique et doux, sombre et mystérieux !
Qui sait dans quel abime, enfin, elles succombent,
Quand elles ont rempli leurs messages d'adieux ?...

Mais pourquoi donc, hélas ! vouloir toucher au voile
Qui recouvre à demi toute chose ici-bas ?....
Laissons courir la feuille et scintiller l'étoile
Sans demander où vont ni d'où viennent leurs pas.

TRISTESSE.

Oh ! ne m'appelez pas quand je verse des larmes !
Mon cœur est ainsi fait, j'ai besoin de pleurer...
Qu'importe, si les pleurs sont pour moi pleins de charmes,
Si je suis pour pleurer et vous pour espérer ?
Vous croyez au plaisir, je crois à la souffrance :
Dieu nous a fait sans doute un différent destin ;
Je vous laisse le bruit, laissez-moi le silence ;
Les pleurs et le silence au cœur font tant de bien !

Chantez et souriez ! votre joie est charmante,
Et je ne me plains pas de vous voir rayonner ;
Mais au moins laissez-moi ma tristesse constante,
N'essayez pas en vain d'après vous m'entraîner.
Que faire ? Dans ce monde il est diverses routes ;
Chacun en choisit une où le conduit le sort :
Il faut des voyageurs, des pèlerins sur toutes,
Et chacune aboutit au même but : la mort !

4

Allez, cueillez vos fleurs ! effeuillez vos sourires !
Puissiez-vous rencontrer force rayons de miel !
Moi, j'écoute de loin vos chants et vos délires,
Et je cherche à ravir un peu de paix au ciel.
Vous qui croyez au monde, et moi qui n'y peux croire,
Cherchons de nos sentiers lequel est le meilleur ;
Et puis nous nous dirons sans mensonge ni gloire
Qui de nous chemina le plus près du bonheur !

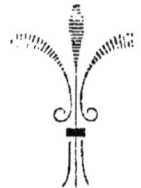

LES ANGES DU BON DIEU.

Un soir où le temps était sombre,
Tout dormait sous le rideau bleu
Qu'on appelle le ciel, lorsque soudain dans l'ombre
On vit passer au loin des images de feu.

C'étaient de lumineuses flammes
Douces comme un rayon du soir,
Vaporeuses comme des âmes
Pures comme l'étoile au milieu du ciel noir.

Elles volaient près des nuages,
Comme pour se quitter se disant un adieu....
Qu'étaient donc ces vapeurs volages?
C'étaient les anges du bon Dieu!

. . . .

L'un, frais et souriant ainsi que l'ignorance,
Blanchissait l'horizon de son vol radieux.
C'était un ange enfant, au front pur, aux doux yeux;
Sa voix pure jetait au milieu du silence
          Des chants mystérieux;
Il berçait l'encensoir qui parfume les cieux....
     C'était l'ange de l'innocence.

Un autre, humble et plaintif, écho de bien des cœurs,
Attachait son regard aux voûtes de lumière.
Il semblait dire au ciel de s'ouvrir pour la terre;
Son visage était fait de sourire et de pleurs,....
     C'était l'ange de la prière.

Puis, l'autre avait un air de suave bonté,
Il gémissait, pensif, sur des douleurs immenses.
Il portait sur son aile, à la blanche clarté,
Des consolations pour toutes les souffrances.
Sympathique et divin, son regard enchanté
Décelait sous ses pleurs l'ange de charité!

Puis un autre chantait, ange à l'adolescence,
Doux, voilé, souriant et nommant l'avenir.
Tout brillant de rayons, de fleurs et d'ignorance,
Berçant les malheureux d'un chant qui fait dormir.
Riche de dons futurs, à tout vœu, tout désir,
Versant de son trésor un mot de confiance ;
Aidant le cœur à vivre et plus tard à mourir ;
De son aile essuyant les larmes du martyr,....
     C'était l'ange de l'espérance !

Pâle, ainsi qu'est là-haut l'astre qui va mourir,
Un autre, au regard triste, à l'humide paupière,
Nommait timidement le ciel dans un soupir.
Il pleurait, abattu sous une peine amère ;
Son vol était tremblant et cherchait la prière....
     C'était l'ange du repentir !

Un autre le suivait : — bonté compatissante,
Il venait de son frère adoucir l'abandon.
Mélancolique et pur, ange à la voix aimante,
Sa céleste douceur, tristement souriante,
Comme un parfum d'oubli, dégageait un rayon.
De la miséricorde image consolante,
     C'était bien l'ange du pardon !

Puis on voyait au loin, gémissant, presque sombre,
Un autre ange penché, vêtu de deuil et d'ombre,
Dont les pleurs, en tremblant, retombaient ici-bas.
Ses sanglots murmuraient comme un funèbre glas;
Son aile chancelait comme une nef qui sombre;
Des fleurs qu'il effeuillait disant à Dieu le nombre,
     Il s'inclinait, l'ange du noir trépas !

. . . .

Et lorsqu'en scintillant, toutes ces ailes d'ange,
Comme un éclair brillant qui rayonne et s'enfuit,
Eurent étincelé dans l'ombre de la nuit,
Le sillon lumineux tracé par la phalange,
Ainsi qu'un reflet d'or qui chancelle et pâlit,
Dans les vapeurs du ciel lentement s'éteignit.

UNE HISTOIRE DES TEMPS PASSÉS.

Petits enfants, têtes mutines,
Quand vos pieds se seront lassés,
Je vous dirai près des collines,
Dans un bois fleuri d'églantines,
Une histoire des temps passés.

Têtes brunes et têtes blondes
Dont les reflets me font rêver,
A l'ombre des forêts profondes
Sur les fraîches rives des ondes,
Venez bientôt me retrouver.

Mais quoi! vos regards étincellent?
Déjà vous voulez m'écouter?
Puisque vos sourires m'appellent
Et pour m'inviter s'entremêlent,
Tout de suite je vais conter.

Ecoutez bien , car c'est l'histoire
D'un enfant gentil comme vous !
Ah ! vous ne voulez pas le croire ?
Pourtant la fée au front d'ivoire
Me l'a dit , — entendez-le tous ! —

Il semblait une fraîche rose
Née en un paradis vermeil ;
Lorsque sa paupière était close ,
On eût dit la fleur qui repose
Sous un sourire du soleil.

Son œil brillait sous sa paupière
Comme un humide diamant.
Unique bijou de sa mère ,
Comme toute vie éphémère
Il était suave et charmant.

Son frais et ravissant sourire
Epanchait des rayons à flots.
Tout ce qu'on aime ou qu'on admire
Se reflétait dans ce doux rire ,
Comme le soleil dans les eaux.

Il voletait, comme vous faites,
Près des ruisseaux, dans les sillons ;
Vivant de baisers et de fêtes,
De brises et de fleurs coquettes,
De parfums et de papillons.

Or, un soir, — c'était l'heure sombre
Où tout fait frémir le passant, —
L'enfant était assis dans l'ombre,
Et cherchait à compter le nombre
Des étoiles du firmament.

Il n'avait pas peur, car l'enfance
Ne craint pas les ombres des cieux.
L'astre sourit à l'innocence,
Car de la terre, abîme immense,
L'enfant est l'astre radieux !

Or, parmi ces astres sans nombre
Qui souriaient au doux enfant,
L'un soudain de la voûte sombre
Se détacha, puis, comme une ombre,
Voyagea dans le firmament,

Dans sa course mystérieuse
Il faisait rayonner soudain
Une route capricieuse;
Enfin sa clarté radieuse
Sembla tomber dans le lointain.

Lors, comme un feu qui se dévoile,
Une lueur, près d'un chemin,
Des sombres nuits perça le voile;
L'enfant crut que c'était l'étoile,
Et vers elle courut soudain.

Mais ce qu'il prit pour une aurore
C'était le follet qui séduit;
L'enfant courut, courut encore;
Puis dans l'horizon incolore
Avec la flamme il se perdit.

Que devint-il?.. la fée aux roses
Me le racontait l'autre soir;
Dans un ravin, plein d'esprits roses,
L'enfant tomba paupières closes,
Depuis, nul n'a pu le revoir.

Mais la fée à l'aile puissante
Pour l'enlever de ce séjour,
Endormit la flamme tremblante
Des feux-follets ; puis, rayonnante,
S'enfuit : — c'était la fin du jour.

Depuis, l'étoile la plus belle
Qui le soir dans les cieux reluit,
C'est la radieuse étincelle
Dont l'enfant à douce prunelle
Eclaire l'ombre de la nuit.

Et lorsqu'un astre qui scintille
Soudain se détache des cieux,
C'est encor l'enfant qui s'exile
Et dans chaque étoile qui file
Revient voir la fée aux doux yeux !

Petits enfants, craignez la flamme
Qui court la nuit près du chemin ;
Peut-être un astre vous réclame,
Mais la fée est morte, et votre âme
Demeurerait dans le ravin !

LA PLUIE.

Tombez, tombez, ô gouttelettes !
Sur les toits et dans le ruisseau ;
Nos foyers abritent nos têtes,
Tombez, tombez, ô gouttes d'eau !

Comme c'est doux, le ciel qui pleure !
Ecoutez !... ce bruit fait dormir ;
Oh ! qu'il fait bon dans sa demeure
Lorsqu'on entend le vent gémir !
Il pleut.... le ciel est froid et sombre ;
C'est le soir, c'est presque la nuit ;
Quelques pas frémissent dans l'ombre,
Pas une étoile ne reluit.

Que cette chanson monotone
Nous berce harmonieusement!
D'où vient cette eau? qui nous la donne?
Dieu la verse du firmament.
Que de fleurs elle fait éclore!
Que de fruits elle fait germer!
Oh! qu'il pleuve, qu'il pleuve encore,
A ce bruit laissons-nous charmer.

Il endort toutes les paupières;
Les enfants dans leurs petits lits,
Les laboureurs dans les chaumières,
Même les oiseaux dans leurs nids.
Si la pauvre fleur s'étiole
Le jour, sous un soleil de feu,
Il est de l'eau pour sa corolle
Dans le réservoir du bon Dieu.

Fermé, son calice repose;
Mais demain, lorsqu'il s'ouvrira,
Frais de cette onde qui l'arrose
Oh! comme il nous parfumera!
Il pleut;... tout dort dans la nature;
De rêves voltige un essaim;
L'eau tombe, retombe et murmure,
On peut se mirer au chemin.

Mais il est des pauvres sur terre ;
Il est des pauvres sans foyer ;
Ceux-là n'ont pas même une pierre
Pour s'asseoir ou pour s'appuyer ;
Déshérités de la nature
Dont l'infortune nous émeut,
Sans abri contre la froidure,
Que deviennent-ils quand il pleut ?

Si vous trouvez, ô gouttelettes !
Loin des cités, loin du hameau,
Des pauvres sans foyer pour abriter leur tête,
Ne tombez pas sur eux, ô froides gouttes d'eau !

L'ADIEU.

—⸗⸗—

Adieu !... triste réveil après un heureux songe !
Car c'est toujours un songe, hélas, ce qui s'enfuit !
Adieu !... dernier regard qui pleure et se prolonge,
S'attachant aux lambeaux du rêve qui finit !

Adieu !... première note où soupire l'absence !
Adieu !... première goutte où le cœur boit la mort !
Adieu !... premier sanglot d'une amère existence !
Adieu !... première larme où s'étanché le sort !

Oh ! qu'elle est triste au cœur cette voix lamentable
Qui sonne en frémissant la séparation !
C'est un déchirement sombre, indéfinissable,
C'est une étreinte, un glaive ; adieu, c'est un frisson !

Oh ! quand n'est pas au cœur un espoir qui surnage,
Pour mêler au départ un songe de retour,
Adieu, c'est l'agonie où s'éteint le courage,
C'est le regard mourant d'une âme au dernier jour !

Solitude, tristesse, ennui, comme des ombres
Noircissent l'horizon de ce suprême instant !
L'âme ne voit surgir que regrets et décombres,
Deuil, ruines, déserts, exil, isolement !

O dernier serrement d'une main qui s'échappe !
O dernier mot d'un cœur qui s'arrache à nos cœurs !
O de l'intimité dernière heure qui frappe,
Est-il une douleur pire que vos douleurs ?

Oui, car dans la balance
Du martyre, ô mon Dieu !
Tout cela pèse moins que le morne silence
Qui succède à l'adieu !

L'AGONIE D'UNE HIRONDELLE.

Je suis une pauvre hirondelle
Sans nid pour reposer mon aile ;
Oh ! que ma plainte arrive à toi,
Dieu des airs, prends pitié de moi !

Vois, je gémis et je soupire
Et ne chanterai plus jamais,
Si tu ne daignes me sourire,
Et m'enrichir de tes bienfaits.

Oh ! que ma misère te touche !
J'avais fait mon nid sous un toit ;
Mais le vent a brisé ma couche,
Et mes petits sont morts de froid !

L'air est glacé, le ciel est sombre ;
Le temps est triste, il va pleuvoir ;
S'il n'est pas un abri dans l'ombre,
Je n'arriverai pas au soir !

5

Mon aile en vain cherche à s'ébattre ;
Elle est blessée et ne peut fuir.
Pourtant l'orage va s'abattre,
Hélas ! faudra-t-il donc mourir?

Déjà le nuage s'entr'ouvre :
Ses gouttes retombent sur moi ;
Vois, le déluge me recouvre ;
O Dieu ! mon cri vole vers toi !

S'il me restait un peu de force
Pour me traîner jusqu'à ce mur !
Mais c'est en vain qu'elle s'efforce,
Mon aile qui rasait l'azur !

Oh ! qu'elle est froide, l'eau qui tombe !
Je frissonne et me sens mourir ;
Lourde, ma paupière succombe,
Bientôt je ne vais plus souffrir !

Adieu, soleil ! adieu, rivages
Où j'ai posé de si doux nids !
Adieu, grands toits et chers ombrages !
Je vous rejoins, ô mes petits !

QUI SAIT ?...

Elles sont là beaucoup, riches de leur enfance :
    Leur groupe se fait et défait.
Devant ces frais boutons s'ouvrant à l'existence,
    Je regarde et me dis : Qui sait ?

Dans ce riant essaim de têtes adorables
Je choisis au hasard des cheveux bruns ou blonds,
Et je cherche à ravir aux lointains horizons
    Leurs mystères impénétrables.
L'ensemble me ravit ; chaque détail me plaît ;
Je n'aperçois partout que rayons et sourires ;
Mais d'où vient, ô mon cœur ! que parfois tu soupires
    En te disant tout bas : Qui sait ?...

Cette enfant qui s'ébat, si fraîche, si charmante,
Qu'on dirait à la voir que tout son être chante,
Elle court à la vie et sans doute au bonheur :
Quelle épine oserait toucher à cette fleur?
Elle est candeur et joie, espérance et sourire ;.
Son regard resplendit ; sa gaîté semble dire :
«Mes jours sont des soleils ! » Pourtant mon cœur est prêt
A pleurer devant elle en se disant : Qui sait?

               Oh! que cette autre est douce,
                  Et captive mon cœur !
N'aimez-vous pas, timide, une fleur sous la mousse ?
                  Voilà sa sœur !
               De l'enfant et de l'ange
                  Mystérieux mélange,
Elle voile à demi, sous de longs cils soyeux,
Deux prunelles d'azur, deux étoiles des cieux.
Belle sans y songer, elle charme, elle attire ;
Le parfum de son âme embaume son sourire.
De tendresse et d'azur son destin sera fait;
Doux comme son regard, sans doute !... Mais, qui sait?...

Puis une autre a passé comme un oiseau qui vole,
Et, maligne, a raillé mon œil qui méditait;
Où donc a-t-elle fui?... séduisante et frivole,
Je ne la revois plus, elle papillonnait.

Elle est grâce et zéphyr, et près de moi son ombre
    A glissé, pareille à l'éclair;
    Elle est légère comme l'air,
Son ciel n'aura jamais aucun nuage sombre;
Son regard scintillant pour les pleurs n'est point fait;
Elle ne songe pas — aujourd'hui! Mais, qui sait?

Quoi! de tous ces destins nul n'est doux sans peut-être?
De tous ces avenirs nul ne laisse apparaître
    Un front souriant, dévoilé?
Courez, courez, enfants, firmament étoilé!
Qui sait de quels reflets votre horizon se dore?
Qui sait de quel tissu votre avenir est fait?
Ah! tant que de bonheur votre ciel se colore,
Chantez, jouez toujours sans vous dire : Qui sait?

ASSOUPISSEMENT.

Oh ! que le soir épand son harmonie à flots !
Un peu le bruit des vents, un peu le bruit des eaux ;
L'heure de loin en loin, seule voix que la terre
Mêle aux chants que la nuit murmure avec mystère.

Rien ne va plus troubler ces bruits doux et confus
Qui bercent l'âme en deuil, lasse dé l'existence ;
Chaque voix qui sur terre entre dans le silence,
Me laisse entendre au ciel un murmure de plus.

De nos pâles flambeaux le dernier va s'éteindre,
Et je ne vais plus voir que l'ombre dans les cieux.
Je n'entends plus d'ici, soupir harmonieux,
Qu'un frêle chant d'oiseau que l'on dirait se plaindre.

Quelques pas affaiblis font encor palpiter
La terre qui gémit, lasse de nous porter.
La nature, la nuit dominatrice et fière,
Nous force en préludant, faibles voix, à nous taire.

J'ÉCOUTE !.

Oh ! laissez-moi !... j'écoute !...
   Et pourtant
   On n'entend
Aucun pas sur la route.
Oh ! laissez-moi !... j'écoute !...
   Et pourtant
   On n'entend
Sous les cieux nul accent.

J'écoute le silence
Qui tombe avec la nuit ;
Le sommeil qui s'avance,
La rumeur qui s'enfuit.
J'écoute les mystères
Que murmure le soir ;
Je ferme les paupières
Comme a fait le ciel noir.

J'écoute de mon âme
Les différentes voix :
Voix de paix ou de flamme
Qui se mêlent sans choix.
Parlez, parlez encore,
Accents profonds et doux ;
Parlez jusqu'à l'aurore,
Je n'écoute que vous.

Gazouillez, espérances,
Rêves et souvenirs ! —
Loin ! regrets et souffrances,
Et larmes et soupirs ! —
Devant mes yeux s'écoule
Un fleuve nuancé ;
Que de perles il roule !
C'est mon heureux passé.

Que ta chanson est douce,
Source des souvenirs !
Ton lit est fait de mousse
Et tes flots de saphirs.
Oh ! j'y revois en songe
Tout ce que j'ai connu !
Si ce n'est qu'un mensonge,
Qu'il soit le bienvenu !

Fleurs des prés, fleurs des âmes,
Je vous retrouve ici :
Pourtant nous nous quittâmes...
Vous revenez, merci !
Sur mon aride grève
Restez, charmants trésors !
Mais n'est-ce pas un rêve ?
Je crois que je m'endors.

Chantez, mes espérances ;
Bien douce est votre voix.
Quelles fraîches cadences !
Vous m'enivrez, je crois !
Que de fleurs et d'étoiles !
De parfums, de rayons !
Oh ! quels gracieux voiles
Baisent vos jeunes fronts !

Et vous, mes jolis rêves,
Parlez aussi tout bas :
Quelles charmantes grèves
Ne connaissez-vous pas ?
Dites-moi de ces choses
Qui font le cœur joyeux ;
Effeuillez-moi des roses,
Songes capricieux !

Souvenirs, espérances,
Et rêves de mon cœur,
Unissez vos cadences,
Parlez, chantez en chœur !
C'est l'ombre qui couronne
Vos charmes ravissants ;
Et le silence donne
L'harmonie à vos chants !

Oh ! laissez-moi... j'écoute !...
        Et pourtant
        On n'entend
Aucun pas sur la route.
Oh ! laissez-moi... j'écoute !...
        Et pourtant
        On n'entend
Sous les cieux nul accent !

ENFANTS !...

Vous qui ne savez pas ce qu'il coûte de vivre ,
Enfants dont l'œil est pur et le front radieux ,
  Vous qu'un rien fait joyeux ,
  Vous qu'un hochet enivre ,
Oh ! jouez bien longtemps, chantez, soyez heureux,
Souriez à la terre et souriez aux cieux !

Hélas ! plus tard, enfants... Mais pourquoi vous le dire ?
  Non , votre joie est d'ignorer.
Ignorez bien longtemps ! Ignorer, c'est sourire,
  Et savoir, c'est pleurer.

Voyez, tout est pour vous joie, et chansons, et fêtes !
La brise vous caresse et les fleurs sont pour vous ;
Le soleil est plus beau quand il dore vos têtes ;
L'oiseau pour les enfants dit ses airs les plus doux.

Vous pouvez mieux que nous jouir de la nature ;
Ses charmes sous nos pleurs nous semblent déparés :
Comme vous elle est belle, et douce, et fraîche, et pure ;
Pour vous sont les grands bois, les ruisseaux et les prés.

Pour vous est le parfum qui des fleurs se dégage :
Pour vous les papillons, les fruits, les arbres verts ;
　　Tous les plaisirs sont de votre âge :
Il ne reste pour nous que d'arides déserts.

Vous nous enlevez tout ! Pour vous seuls naît la rose
　　Dont les épines sont pour nous.
Vous avez le bonheur, fleur dans le ciel éclose,
Flétrie en un matin qu'elle vécut pour vous !

Vous voyez tout doré quand nous voyons tout sombre ;
Car le soleil est fait d'ombres et de rayons :
Pour vous sont ses rayons et pour nous est son ombre ;
Enfants, quand vous riez, bien souvent nous pleurons !

Tout vous égaie, enfants ! — Que vous importe
Le déluge qui pleure et le vent qui mugit ?
Toute voix est pour vous un chant que vous apporte
L'écho joyeux et pur d'un ange qui sourit.

Parfois, c'est vrai, comme une perle humide,
Une larme jaillit, tremblante, de vos yeux ;
Mais vos pleurs d'un instant ne creusent pas de ride,
C'est la blanche rosée à l'éclat vaporeux.

Oh ! soyez bien longtemps, enfants, ce que vous êtes :
Une âme qui s'ignore ! un cœur qui ne sait pas !
Vivez sans le sentir ! jouissez de vos fêtes
Sans chercher si les fleurs qui couronnent vos têtes
     Sont du ciel ou bien d'ici-bas !

Ne demandez à rien, enfants, de vous instruire ;
Courez, sans songer même à choisir un chemin.
N'allez pas deviner qu'il existe un demain,
     Car vous ne pourriez plus sourire !

QUELLE HEURE EST-IL ?

Quelle heure est-il dans l'existence
Que je dois passer sous le ciel ?
Dois-je longtemps de la souffrance
Boire le calice de fiel ?
Dois-je longtemps ramer encore,
Ou bien mourir avant demain ?
Peut-être suis-je à mon aurore ?
Peut-être suis-je à mon déclin ?

Muette horloge
De mon exil,
Je t'interroge :
Quelle heure est-il ?

Quelle heure est-il pour ceux que j'aime ?
Jusques à quand nous verrons-nous ?
Quand pour chacun l'heure suprême
Viendra-t-elle sonner ses coups ?
Quelle main sera la première
A manquer à notre chaînon ?
Qui de nous au champ funéraire
Ira plus tôt marquer son nom ?

Muette horloge
De notre exil,
Je t'interroge :
Quelle heure est-il ?

Quelle heure est-il pour cette terre
Qui doit périr en un moment ?
Quand tout ce que le globe enserre
Rentrera-t-il dans le néant ?
De l'univers vaste dédale,
Quand disparaîtras-tu soudain ?
Quelle heure lugubre et fatale
Murmurera : « Voici ta fin ! »

Mais pourquoi troubler le mystère
Qui voile un abîme à nos yeux?
S'il se cache à notre paupière
N'en sommes-nous pas plus heureux?
D'ailleurs, en vain je l'interroge :
Le cadran se tait dans l'exil.
Ma voix à la muette horloge
Ne dira plus : «Quelle heure est-il?»

RÉSIGNATION.

Dans cet exil d'un jour, penché sur tant d'abîmes,
    Pourquoi nous plaindre et murmurer ?
Ne nous reste-t-il pas, sur nos tremblantes cimes,
Trois instincts immortels, trois facultés sublimes :
    Aimer, contempler, adorer ?

Trois mots qui dans le cœur font une paix céleste !
Chants qui trouvent toujours un accord pour calmer,
Rayons tombés sur nous comme pour nous charmer,
Et qui du désespoir chassent l'ombre funeste.

    Aimer, contempler, adorer !
Sommets étincelants, voix nobles et profondes
Qui vont du ciel à l'homme et, pour mieux admirer,
    Interrogent les mondes.

. . . .

6

Aimer ! douce oasis, charmant repos des cœurs :
Parfum venu du ciel pour embaumer notre âme ;
Éblouissant reflet dont la suave flamme
      Évapore nos pleurs.
Délicieuse voix qui sait d'une parole
      Nous calmer et nous endormir ;
      Larme pure qui nous console,
Brise qui nous emporte aux champs de l'avenir !
Ange qui tendrement nous berce et nous écoute,
Nous faisant mépriser l'amertume du sort ;
Charmant de sa douceur la ténébreuse route
      De la vie à la mort.
Qu'importent d'ici-bas et l'ombre et la souffrance
Tant qu'une main d'ami tressaille en notre main ?
Qu'importent les écueils que la vie ensemence
Lorsque l'on va, s'aimant, dans le même chemin ?
L'un l'autre soulever la croix de ses épaules
Est-ce oublier le ciel, se créer des idoles ?
Non ! c'est pour mieux prier, de deux cœurs en faire un,
Et changer en encens un terrestre parfum.
Oh ! je le sais ! aimer n'est pas toujours sourire ;
Une épine souvent germe auprès de la fleur ;
L'absence et le trépas, voix dont l'écho soupire,
      Savent pâlir notre bonheur.
Mais cesse-t-on d'aimer la rose éblouissante
      A cause de ses aiguillons !
Non ! qu'importe le dard ? la corolle nous tente,
      Et tendrement nous la cueillons.

Aimons donc malgré tout ; aimons malgré l'absence
        Et malgré le trépas !
Nul amour, il est vrai, nul bonheur d'ici-bas
Ne peut de notre cœur combler le vide immense ;
Mais, puisqu'il est au moins un baume à sa souffrance,
        Aimons et ne murmurons pas.
— Dieu fait bien ce qu'il fait ! S'il nous retient encore,
Loin de son infinie et céleste grandeur,
        Au vestibule du bonheur,
C'est qu'avant le soleil il fait luire l'aurore ;
        C'est ici-bas l'aube du cœur.
En nous disant d'aimer, il charme notre attente,
        Il nous adoucit cet exil ;
Cheminons sous ses lois et que notre âme chante :
        « Ainsi Dieu le voulut ; glorifié soit-il ! »
. . . .
Est-ce là d'ici-bas l'unique jouissance ?
Non ! moins douce peut-être et moins suave au cœur,
Mais pleine de noblesse et de pure grandeur,
Il en est encore une où de notre existence
S'éteignent les ennuis, les regrets, la douleur,
        Où tout devient paix et silence.
Qu'on le nomme chercher, rêver ou contempler,
Ce songe de notre âme où s'efface le monde
Avec ses froissements, sa tristesse profonde,
Oh ! ce songe est bien doux, et comment l'appeler ?
Nature, œuvre de Dieu ! C'est toi qui nous l'épanches
        Ce suprême ravissement !

Toi qui fais dans nos cœurs mugir des avalanches
    De soupirs et d'enivrement !
Qui n'admire tes voix, tes grandes voix sublimes,
Échos entremêlés du ciel et des abîmes ?
Gémissements du soir, rayonnements du jour,
Qui vous recueillera sans vous aimer d'amour ?
    Crépuscule sablé d'étoiles
    Qui chante donc sous tes longs voiles
Avec des bruits si doux qu'ils semblent s'écouter,
Se prolonger au loin, eux-mêmes s'enchanter ?
Aurore, ton écrin est-il inépuisable,
Pour verser chaque jour ses diamants au sable ?
Nuit ! quelle paix aux cieux quand ton voile y descend !
Des accords assoupis, heure mystérieuse,
Tu formes un concert si rêveur et si grand,
Que dans l'âme il se fait une ombre radieuse,
Un peu de ciel, tombé de ce multiple accent !
On dirait, à te voir, une mer ombrageuse
Que frôlent par milliers des nacelles d'argent.
Toi, splendide soleil, immense, rayonnant,
Qui fais en gerbes d'or étinceler ta trace,
Et jettes, plein d'éclairs, ton manteau dans l'espace,
Dans ton vaste regard que de vie et d'amour !
Quel sourire éternel t'inonde chaque jour !
Et toi, fier Océan, continent redoutable,
Qui reflètes les cieux et qui ceins l'univers,
Qui de tes flots grondants viens graver sur le sable
Le grand nom de celui qui te tient sous ses fers ;

Vous tous , êtres sans nombre épars dans la nature,
Ne murmurez-vous pas des secrets de bonheur?
Ne ruisselez-vous pas de l'extase future?
Pourtant l'homme se plaint : que faut-il à son cœur ?
O frères! je le sais , l'âme soupire encore
Malgré tous les rayons dont le monde se dore :
« Oui, c'est beau! oui, c'est grand! oui, c'est l'indéfini!
Mais je veux plus encore, il me faut l'infini ! »
Hélas!... mais devrons-nous méconnaître ces charmes,
Parce que notre cœur en pressent de plus doux ?
Non ! croyez qu'il est bon , même à travers nos larmes,
De boire aux flots divins qui s'égouttent sur nous.
— Dieu fait bien ce qu'il fait ! s'il nous retient encore,
Loin de son infinie et céleste grandeur,
        Au vestibule du bonheur,
C'est qu'avant le soleil il fait luire l'aurore,
        C'est ici-bas l'aube du cœur !
En semant près de nous la beauté rayonnante
De la création , il charme notre exil;
Cheminons sous ses lois, et que notre âme chante;
« Ainsi Dieu le voulut; glorifié soit-il ! »
. . . .
Mais de ces deux bienfaits en naquit un troisième :
L'amour et la nature éveillèrent en nous
De l'adoration le sentiment suprême
Et de l'Être incréé l'instinct sublime et doux !
La voix de l'univers et la voix de notre âme
Nous crièrent ensemble , « A genoux ! gloire à Dieu ! »

Et désormais la foi, plus haut que le ciel bleu,
Sur son aile emporta notre plus pure flamme.
        O Dieu! toi le seul grand,
        Merci de cet accent
        Qui dans nos cœurs te nomme!
Merci d'avoir voulu te révéler à l'homme
        Dont tu fais ton enfant!
Seigneur! toutes les soifs dont notre âme soupire
Sont des élans vers toi, toi par qui tout respire!
A travers toute époque et sous tout horizon
Un immortel écho va redisant ton nom!
Quels doux et saints transports, quelle ineffable ivresse
Vont de la terre au ciel quand tout un peuple en chœur
Balbutie à tes pieds l'hymne de sa faiblesse
        Confiante dans ta grandeur!
O toi qui d'un seul mot as créé la lumière,
Et dont tout l'univers subit l'unique loi,
Toi qui laisses tomber dans nos cœurs en prière
        Un peu de vie, un peu de toi,
Merci! te rendre gloire est le but de notre âme.
Nous sommes de ton nom une lettre de flamme,
Toi seul es : gloire à toi! gloire à l'Être parfait
Qui fit tout, terre et cieux, et n'a pas été fait!
Gloire à Dieu dont nos cœurs sont tous une étincelle;
Dieu, suprême grandeur! Dieu, suprême bonté!
Qui créa près de nous toute chose mortelle,
Et n'attend que nous seuls dans son éternité!
S'il est dans nos sentiers des écueils ou des ombres,

Appelons le Seigneur !

Il est l'astre et le port des mers calmes ou sombres;
C'est lui qui s'est nommé notre consolateur.
— Dieu fait bien ce qu'il fait! s'il nous retient encore,
Loin de son infinie et céleste grandeur,
    Au vestibule du bonheur,
C'est qu'avant le soleil il fait luire l'aurore;
    C'est ici-bas l'aube du cœur.
D'une immortelle vie en nous donnant l'attente,
Il adoucit pour nous les peines de l'exil;
Cheminons sous ses lois, et, là-haut, triomphante,
Notre âme chantera, sous son aile clémente :
« Ici Dieu nous voulut; glorifié soit-il! »

LES FLEURS DES CHAMPS.

O Fleurs des champs ! je vous préfère
        A toute fleur !
Rien n'est plus que vous solitaire,
        Doux et rêveur !

Vous n'êtes pas les grandes dames
        De nos jardins...
Mais mieux qu'elles parlent aux âmes
        Vos frais essaims !

Seul, d'en-haut, le bon Dieu vous sème
        Dans nos sillons !
Et nous, qu'il parfume et qu'il aime,
        Nous vous cueillons !

Mais, hélas ! dans nos doigts bien vite
    Vous vous mourez ;
Nul toit longtemps ne vous abrite
    Loin de vos prés !

Si mignonne est votre corolle,
    Frêle partant,
Que sous nos mains elle s'envole
    Au plus doux vent !

Votre parure est si légère,
    Que chaque soir,
Penchant vos fronts dans la poussière,
    On peut vous voir.

Et vous dormez jusqu'à l'aurore
    D'un froid sommeil....
Puis le soleil salue et dore
    Votre réveil !

Une perle en votre calice
    Tombe la nuit ;
Le jour, pour qu'on ne la saisisse,
    Elle s'enfuit !

Chaque petit oiseau qui vole,
            Sans la briser
Se penche sur votre auréole
            Pour la baiser.

La brise harmonieuse et douce
            Qu'on sent passer,
Vient chaque soir, rasant la mousse,
            Vous caresser.

Et le petit enfant qu'admire
            Le ciel de Dieu,
Vous jette dans un gai sourire
            Son pur adieu.

Moi qui chéris votre couronne,
            O Fleurs des champs !
Etoiles des prés, je vous donne
            Mes plus doux chants !

RÊVE.

O monde ! loin de toi que je serais heureuse !
Oubliant près du ciel ta fièvre et tes ennuis,
Ecoutant du matin la voix harmonieuse,
Berçant mon âme émue aux cantiques des nuits !

Le soleil est amour ; la nature est sourire ;
La campagne est parfum, l'Océan est concert ;
Mais toi, monde accablant, toi , tu n'es qu'un martyre !
Sans mes quelques amis je fuirais au désert !

J'aimerais mieux que toi le sable des savanes,
- Le bruit des grandes eaux portant l'esprit de Dieu,
Des mirages lointains les lueurs diaphanes ;....
Oh ! sans te regretter je te dirais adieu !

Si je n'avais lié mon âme à d'autres âmes
Je m'en irais bien loin de tes impurs foyers,
Et, dans un meilleur port en déposant mes rames,
Je secoûrais au seuil ta poudre de mes pieds !

Mais j'ai donné mon cœur à plus d'une tendresse ;
Et je ne puis quitter la foule où sont épars,
Comme des gouttes d'eau dans la nuée épaisse,
Les cœurs où j'ai du mien reposé les regards !

Ah ! puisqu'il faut rester dans ton aride sphère,
Je veux chercher au moins l'abri le plus caché,
Le plus silencieux et le plus solitaire
Où l'on puisse gravir, à ta glèbe attaché !

Et quand j'aurai trouvé ce refuge tranquille,
Je me reposerai sans chercher au delà ;
Je planterai ma tente en ce rustique asile,
Et ceux qui m'aimeront sauront que je suis là,

Devant ces horizons où l'œil distrait s'égare,
A tes toits entassés je ne songerai plus ;
Et tu poindras au loin comme un nocturne phare,
Et je n'aurai de toi que des échos perdus !

M'enivrant de senteurs que chez toi l'on ignore,
De tes parfums flétris, monde, j'aurai pitié !
Et la nature et Dieu chez moi feront éclore
Ces deux suaves fleurs : Poésie ! Amitié !

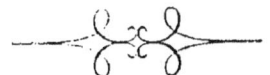

L'HARMONIE.

Fille de l'insomnie,
Du ciel et du génie,
Ame de l'univers,
Enivrante harmonie,
Amour à tes concerts !

— Voix suprême, voix pure,
Qui tonne et qui murmure,
Dans l'écho de tes chants,
Grande et fière nature,
L'homme prend ses accents !

Sur les plages désertes,
Nos âmes sont onvertes
Anx splendides accords
Que chantent les eaux vertes
Se brisant sur les bords.

Dans les forêts ombreuses,
Dans les cavernes creuses,
Le cœur ému s'éprend
Des voix mystérieuses
Des arbres et du vent !

Dans les douces vallées,
Sous les fraîches feuillées,
On s'enivre et s'endort
Aux cent notes perlées
D'un radieux accord.

Aux montueuses cimes,
Sur le bord des abîmes,
L'imagination
Se perd aux bruits sublimes
De la création.

Dans les plaines riantes
Que brodent mille plantes,
On se souvient du ciel
A la voix calme et lente
Du clocher, saint appel !

Loin, dans l'immense espace
Où tout sentier s'efface
Sous les sables ardents,
Même la large trace
Des siècles, — pas vibrants, —

Il est là, dans ces sables,
Des voix incomparables,
Chants émus, grands et fiers,
Exhalés, lamentables,
Par le vent des déserts,

L'aurore, douce et pâle,
A l'écharpe d'opale,
Nous jette en s'éveillant
Sa note matinale,
Adieu frais et riant.

Le Midi qui rayonne,
Dont le splendide trône
Est assis dans l'azur;
Que le soleil couronne
De paillettes d'or pur,

D'une voix immortelle,
Vibrante et solennelle,
Chante, en l'éther serein,
De la vie éternelle
L'écoulement divin.

Le soir, plein de prière,
De calme et de mystère,
D'accents doux et lointains,
Laisse tomber sur terre,
Tout le long des chemins,

Un ravissant mélange :
On dirait des voix d'ange
Dans l'ombre des rameaux
Pour aider la phalange
Des tout petits oiseaux.

7

La nuit, douce et tranquille,
Rafraîchissant asile
Du rêve et du repos,
De l'astre qui scintille
Fait tomber des échos;

Et ces fleurs constellées,
Et ces perles voilées
A l'éclat pur et doux,
En notes étoilées
S'éparpillent sur nous.

Et notre âme en délire,
Impuissante et martyre,
Parmi tant de concerts,
S'épuise pour redire
Ce que dit l'univers!

LES CLOÎTRES.

O Cloîtres ! j'aimerais aller bercer mon âme
Aux airs psalmodiés de votre chant divin !
Mais une paix si douce , en vain je la réclame ;
Peut-être loin de vous est marqué mon destin.

S'il ne m'est pas permis de cueillir votre palme ,
Du moins laissez mon cœur vous bénir en passant ,
Et rafraîchir sa voix au zéphyr chaste et calme
Qui frissonne en vos murs l'écho d'un pur accent !

Priez, vous qui peuplez cet asile céleste !
Vous que pas un écueil ne détourne du port !
Priez pour que de Dieu le souvenir nous reste,
Vous qui puisez sagesse aux conseils de la mort !

Priez pour que le but ne se perde dans l'ombre
Tandis que le sentier fait notre unique soin !
Afin que notre ciel ne devienne trop sombre,
Priez, priez beaucoup ! nous en avons besoin !

A quoi donc songent-ils, ceux qui veulent abattre
Vos abris bienfaiteurs, Cloîtres calomniés ?
Quelles armes ont-ils pour oser vous combattre,
Murs où les saints de Dieu se sont réfugiés !

— « Vous êtes une tache au siècle de lumière, »
Ont murmuré tout haut ces sages orgueilleux !
— « Des siècles écroulés vous êtes la poussière
» Qu'il faudrait par pitié balayer de nos yeux ! »

O glorieuse tache ! ô sublime poussière !
C'est vous qui les cachez à la fureur des cieux !
Puisqu'ils ont attaqué jusques au sanctuaire,
Soyez heureux et fiers d'être attaqués par eux !

Priez, priez toujours, ô nos sœurs ! ô nos frères !
Plus le monde est méchant, plus il est malheureux !
Plus nous avons d'erreurs, plus nous sont nécessaires
Vos canaux de pardon entre nous et les cieux !

POURQUOI ME TROUBLES-TU?

Pourquoi me troubles-tu, mon âme?
Quels sont au fond de toi ces échos inquiets?
Pourquoi me troubles-tu? La nature réclame
Ce que tu veux ravir aux sens que tu soumets.

Quoi! toujours un combat tourmentera ma vie?
Quoi! toujours deux penchants, deux voix, deux volontés!
Tantôt victorieuse et tantôt asservie,
Ne seras-tu jamais, ô mon âme, assouvie
De ces luttes des sens incessamment heurtés
Contre tes légions d'invincibles fiertés?

Ah ! tu voudrais tout vaincre ! et, faisant de toi-même
    Un holocauste à la vertu,
  Ensevelir dans un calme suprême
Tes instincts maîtrisés, ton orgueil abattu ?

Tu voudrais extirper de cette terre infime
Envie, ambition, orgueil, cupidité,
      Faiblesse et volupté ;
Et consumant tout mal sur un bûcher sublime,
Ne plus voir rayonner sur le terrestre abîme
        Qu'un seul mot : Vérité ?

Et tu voudrais encor de l'univers immense
      Faire un champ de fraternité
Où, fuyant à jamais égoïsme et vengeance,
L'homme se fît divin en étant charité ?

      O mon âme, ô ma pauvre âme !
Ce que Dieu ne fit pas, pourquoi le rêves-tu ?
Pourquoi de cette fièvre alimenter la flamme,
Et gémir sans repos, faible souffle de femme,
Sur les débris épars de la sainte vertu ?

      Ecoute ! médite ! contemple !
Dieu savait mieux que toi ce qu'il faut à nos cœurs ;
Viens, allons nous asseoir sur le pavé du temple,
C'est là qu'on peut calmer les trop vives ardeurs.

Tais-toi ! car tout ici, tout, doit être tranquille.
Adore ton Seigneur, demande-lui la foi !
Abaisse ton orgueil devant son humble asile;
Si tu veux croire en lui, cesse de croire en toi !

La vertu, c'est son souffle ! et son œil sans limites
Embrasse l'univers que son bras a jeté :
Il voit et reste en paix ; — celui que tu visites
    Est cependant justice et vérité !

    Prosterne-toi ! près de lui deviens calme;
    Un cœur troublé ne saurait réfléchir ;
Le monde a fui l'autel ; le monde a peur du calme;
Il cherche à s'étourdir; — puis, vois-tu cette palme ?
Le monde ne peut pas croire en un Dieu martyr.

Adore ! et puis en paix écoute l'Evangile ;
Puisque tu veux le bien, ici viens le chercher ;
Après cette leçon, ton esprit qui vacille
Ne chancellera plus ; droit tu pourras marcher.

Ecoute ce qu'il dit, ce Dieu qui se révèle :
    « Venez à moi voyageurs abattus. »
Allons nous abriter à l'ombre de son aile.
C'est lui qui met au cœur les sublimes vertus.

Pour être son ami, sais-tu ce qu'il faut faire ?
Faut-il suivre sur terre un sentier glorieux,
    Et, de l'un à l'autre hémisphère,
Jeter son nom, paré d'un éclat radieux?
Non ! mon âme ; il faut être humblement vertueux.

Marche, appuyée à lui, dans cette voie étroite !
    Sois malgré tout une âme droite !..
Que si le monde froisse ou fatigue ton cœur,
En gémissements vains ne va pas te répandre,
Car il ne faut jamais se croire le meilleur ;
Songe que de Dieu seul la vertu peut descendre ;
    Prie à genoux pour le pécheur !

IMPRESSIONS

D'UNE ANCIENNE PROMENADE AU CHATEAU DE PAU.

Les sentiers étaient pleins de promesses heureuses,
De parfums éthérés et de voix radieuses;
Des reflets vaporeux couraient dans les buissons;
Les insectes jouaient à travers les sillons.

Le soleil et les fleurs s'enivraient de sourires;
Les oiseaux se cachaient dans l'ombre pour dormir;
Les feuilles et les eaux écoutaient les zéphires
Qui dans l'horizon vague allaient au loin mourir.

C'était un jour d'été, de la saison vivante
Où l'on moissonne enfin ce que l'on a semé.
Il faisait chaud, bien chaud; mais la cité charmante
Offrait de doux abris dans son parc embaumé.

Oh! les fraîches allées !
Les profondes feuillées !
Sur de rustiques bancs qu'il faisait bon s'asseoir
Parmi les fiers échos de l'antique manoir !

De royaux souvenirs combien dorment sous l'herbe,
Dans les longs corridors et dans la tour superbe !
Que d'ombres on croit voir surgir à chaque pas !
Que de noms appelés qui ne répondent pas !

Pourtant rien n'est en deuil dans ce beau paysage ;
Le soleil en jouant dore les vieux portraits;
Près des antiques murs naissent de frais bouquets ;
Les siècles n'ont-ils pas marqué là leur passage ?

Le grand château sourit ; le fleuve chante auprès ;
Les coteaux gracieux éclosent avec charme
Au pied de ces grandeurs éteintes pour jamais...
Quoi ! tant de morts couchés et pas même une larme ?

O temps ! ô souvenir pâli !
Impassible océan d'oubli!
Dans quels gouffres profonds jettes-tu les épaves
De ce monde mortel que de tes flots tu laves ?

Que fais-tu, géant redouté,
De ce que tu ravis à quiconque possède?
Mais où prends-tu surtout, despote à qui tout cède,
   Ta moqueuse sérénité?

Il en est bien tombé dans tes noires ténèbres,
De ces peuples jonchés que bientôt nous joindrons!
Encor si tu couvrais sous des voiles funèbres
   Siècles et générations!

Mais tu frappes toujours dans un calme silence!
      Non! jamais ta main n'a tremblé!
      Jamais ton bras n'a reculé!
Et tu n'arrêteras sans doute ta démence
Que lorsque devant toi, dans un cercueil immense,
   Tiendra l'univers écroulé!

En attendant, sur nous tu passes et repasses;
      Frappant sans même regarder;
Et tu sèmes des fleurs, et tu sèmes des grâces
      Sur les mélancoliques traces
   Qu'un deuil sans fin devrait garder!

LES ÉTOILES.

Douces lueurs du jour qui fuit,
Perles sereines de la nuit,
Avant d'être à nos yeux légions ou phalanges
N'étiez-vous pas au ciel la parure des anges?

Dans leur course aux champs éthérés
Sans doute ils vous ont égarés,
Astres purs et brillants qui, tombés de leurs ailes,
Tremblez de votre chute aux plaines immortelles.

Mais eux, ne vous cherchent-ils pas?
Oh! qu'ils nous laissent ici-bas
Vos frais scintillements, vos blanches étincelles!
Ne sont-ils pas déjà bien assez beaux sans elles?

Qu'ils nous laissent au firmament
Votre sourire éblouissant !
Pour quelques diamants sur leurs ailes de moire,
Voudraient-ils à jamais faire la nuit si noire ?

L'azur, poudré de vos grains d'or,
Nous est un radieux trésor !
Trésor de rêves purs et de mélancolie,
De solitaire paix, de fraîche poésie !

Etes-vous phare aux divins ports ?
Etes-vous les regards des morts ?
On dirait à vous voir écloses avec charmes
Qu'il a plu dans les airs mille célestes larmes !

Etes-vous les reflets pâlis
Des lumières du paradis ?
Le firmament n'est-il qu'un grand lac diaphane,
Où l'œil du soleil Dieu se reflète et se fane ?

Oh ! qu'il doit être parfumé,
L'air de ce pays innommé !
Quand vacille à vos fronts leur couronne indécise,
Sont-ils donc caressés d'une céleste brise ?

Restez , ô paillettes d'argent
Que le regard suit en rêvant !
Aériennes fleurs , encensoirs angéliques
Bercés par les échos des concerts séraphiques !

Peut-être êtes-vous dans le ciel
Un mot du cantique éternel?
Peut-être a-t-il jeté vos globes pour symboles,
Le Dieu de vérité, qui parle sans paroles !

Peut-être brodez-vous le soir
Le tapis où viennent s'asseoir
Les anges fatigués dont les ailes tremblantes
Quand nous nous reposons quittent nos pauvres tentes?

Et pour eux vous veillez sur nous ,
Anges des nuits aux yeux si doux !
Vous épinglez sur nous le rideau qui se penche ;...
Est-ce vous le matin que la rosée épanche?

UN REGARD AU CRUCIFIÉ.

Oh ! dans ces tourmentes de l'âme ,
Où l'abime s'ent'rouvre à l'œil épouvanté;
Dans ces jours d'amertume où notre cœur réclame
En pleurant , mais en vain , un espoir déserté;

Dans ces ombres de mort où , comme un labyrinthe ,
Le destin sans issue enclave le regard;
Où l'on n'a même pas la force d'une plainte ;
Où l'âme , lasse enfin , n'aspire qu'au départ;

Dans ces déchirements qu'à nul on ne révèle ;
Dans ces pleurs comprimés qui tombent sur le cœur ;
Dans ces déceptions , ces lugubres coups d'aile
Dont nous frappe en passant le vent de la douleur ;

Dans ces heures parfois où l'on n'a plus de larmes ;
Où, comme d'un frisson, le cœur vide est glacé ;
Où l'âme endolorie au malheur rend ses armes ;
Où l'être tout entier sous l'étreinte est froissé ;

Lorsque s'écroule enfin, angoisse indescriptible !
Le dernier des soutiens où l'on s'est appuyé...
Il n'est plus qu'un seul baume ; un seul, mais infaillible :
      Un regard au crucifié !

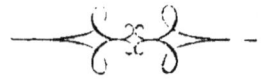

PLAINTE.

Oh! par pitié, ne soufflez pas encore;
Épargnez-moi, froides bises d'hiver!
De mon printemps laissez les fleurs éclore;
N'allez pas les briser sous votre souffle amer !

Vous murmurez de si pénibles choses,
Noirs aquilons, tristes, sombres autans,
Que j'entrevois l'épine sans les roses,
Et pourtant je n'ai pas encor mes dix-neuf ans !

Que si mon rêve épanouit ses charmes,
Vous lui soufflez tout bas : Déception !
Et le doux songe a fini dans les larmes...
Pourquoi me dépouiller de toute illusion ?

8

Je le sais bien, que la vie est mauvaise !
Je le sais trop, que l'on souffre ici-bas !
Mais quand j'oublie, oh! parfois qu'il se taise,
Votre oracle cruel,... hélas! qui ne ment pas !

Pourquoi, jaloux de voir éclore un songe
Dans ma pauvre âme où rien ne rit longtemps,
Renversez-vous par ce seul mot : Mensonge !
L'échafaudage aimé qui m'eût donné des chants ?

Pourquoi toujours, sans écouter ma plainte,
Effeuillez-vous mes fleurs du paradis ?
Vous est-il doux, quand l'aurore est éteinte
De voir mon cœur pleurer son idéal pays ?

PREMIÈRES HEURES D'UN JOUR DE JUIN.

Oh ! ne vous effarouchez pas !
Pour vous écouter je me lève ;
Et saluer aussi là-bas
Le premier rayon qui s'élève ;

Il ne faut pas vous effrayer,
Bardes légers de la nature !
Sais-je d'où sort votre voix pure ?
Je ne viens pas vous épier ;

Je guette la perle sonore
Que vous jetez à chaque aurore ;
Que dites-vous ?... Je n'en sais rien,
Mais vos échos me font du bien.

Que votre gai refrain s'élève !
Aux coteaux le rideau se lève :
Ce n'est pas le soleil encor,
Ce n'est qu'un mince feuillet d'or.

J'aime moins les antiques marbres
Des monuments au fier renom
Que le matin dans les grands arbres,
Les grands arbres de l'horizon.

Un reflet tombe sous la feuille ;
Il égaie et chauffe les nids ;
Un faible et doux concert l'accueille :
Rossignolez, pauvres petits !

Devant moi comme par caprice
Des ailes sillonnent le vent ;
Comme une fleur au bleu calice
S'épanouit le firmament.

Moitié dans l'ombre qui s'efface,
Miroitante sur l'autre bord,
Sans bruit notre rivière passe,
Calme un enfant comme qui dort.

L'éveil sort de la paix profonde ;
Allez, rayons, aux paresseux !
Eparpillez-vous sur le monde ;
Laissez dormir les malheureux !

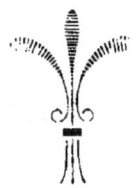

A MA MÈRE.

Pourquoi cette prière ?
Tu veux des vers, pourquoi ?
Au papier, bonne Mère,
Que dirai-je pour toi ?
De nos deux existences
Complète est l'union ;
Pourquoi donc en des stances
Encadrer ton doux nom ?
Ce nom, mon cœur le garde ;
L'asile est bien meilleur ;
Le bon Dieu, s'il regarde,
Le lit avec douceur.

Il sait ce qu'il réclame,
Il s'incline et bénit...
Par un baiser de l'âme
Ne t'ai-je pas tout dit?

Bien froids sont les symboles
Du langage mortel ;
Mais faut-il des paroles
A l'amour maternel ?
Pas de mots à te dire,
Car je suis ton enfant!
Mon regard, mon sourire,
Parlent plus tendrement.
Nos cœurs sont notre chaîne,
Nous ne sommes pas deux
Car ta vie est la mienne ;
C'est ainsi dans les cieux.
Ma tendresse suprême,
Ton cœur au mien la lit ;
Quand je t'ai dit : Je t'aime!
Ne t'ai-je pas tout dit?

Ton nom dans ma prière !
Ton nom dans mon bonheur !
Rien saurait-il me plaire
Sans sourire à ton cœur ?

Sois là dans ma souffrance,
Pour m'aider à souffrir ;
Et dans ma jouissance,
Pour m'aider à jouir ,
Toi dans la paix profonde
Et les temps orageux !...
Sois mon guide en ce monde
Et ma compagne aux cieux.
Oh ! laisse-moi me taire !
Car l'écho refroidit...
Quand je t'ai dit : Ma Mère !
Ne t'ai-je pas tout dit ?

DEUX FLEURS ET UNE ÉPINE.

Au ciel la neige et l'or déteignaient sur l'azur ;
Dans l'air un frais zéphyr disait de douces choses ;
La terre épanouie offrait ses fleurs mi-closes,
Et les eaux murmuraient un gazouillement pur.

Aux caresses des flots jouant au bord des plages,
Aux baisers de la brise, aux larmes des nuages ;
Aux sourires aimants versés par le soleil,
Fleurissait, gracieux, un arbuste vermeil.

D'encensoirs entr'ouverts quelle fraîche auréole !
Les feuilles dentelaient une ombre sur les eaux ;
Éblouissante reine au diadème éclos ,
La rose sœur aînée agitait sa corolle.

Oiseaux et papillons, épris de ses atours ,
Caressaient en passant sa diaphane robe ;
Aux brises son parfum s'envolait depuis l'aube ,
Mais dans son frais calice il renaissait toujours.

Délicate , embaumée , étoile gracieuse ,
Fière , elle souriait , dominant le rosier ;
Pour mirer au ruisseau sa beauté radieuse ,
Elle berçait sa tige et la faisait plier.

De rayons couronnée au milieu du feuillage ,
On craignait de voir fuir son trône aérien ;
Elle semblait flotter dans les plis d'un nuage ,
Tant vaporeux était son charme souverain.

Quelqu'un passa tout près ; qui donc passa ?.. qu'importe ?
Une main la cueillit et puis la caressa ;
L'arbuste la pleura comme on pleure une morte ,
Jusqu'à ce qu'un bouton , ouvert , la remplaça.

La main qui la cueillit s'enivrait de son charme ;
Son parfum virginal longtemps fut respiré ;
Mais dans une caresse il naquit une larme ,
La fleur cachait l'épine en son nimbe éthéré !

La blessure en s'ouvrant doubla la teinte rose
De la cruelle fleur... mais la main la garda ;
Même alors il parut, est-ce une étrange chose ?
Qu'un peu plus tendrement cette main la serra.

A l'ombre du rosier, dans le frais pêle-mêle
De l'herbe, de la mousse et du riant gazon ,
Gisait une autre fleur au sympathique nom,
Au front modeste et doux... c'était une immortelle.

La main s'avança d'elle, et , d'un geste rêveur ,
La coupa, la joignit à la fleur souveraine ;
Le même vermillon unit à leur couleur
Sa nuance vivante ; — un peu de sève humaine. —

Rattaché sur le cœur, ce fut un doux bouquet ;
Une senteur émue, un parfum symbolique :
Cet emblème touchant, tendre , mélancolique ,
Ne devinez-vous pas ce qu'il symbolisait ?

La rose, épanouie , heureuse ,
Éblouissante de rayons,
C'était l'amitié radieuse ,
Dans ses plus riants horizons.

L'épine, hélas ! c'était l'absence,
Qui nous fait saigner et pleurer,
Mais qui , même par sa souffrance,
Rattache au lieu de séparer.

Quant à la timide immortelle,
Elle veut dire : Souvenir ;
Elle est consolante et fidèle ;
Dans une larme elle entremêle
Le passé pour le rajeunir ,
Et le présent pour l'adoucir.

SAGESSE.

ÉPITRE A UNE JEUNE FILLE.

> Oh ! bien loin de la voie
> Où marche le pécheur,
> Chemine où Dieu t'envoie !
> Enfant ! garde ta joie !
> Lys ! garde ta blancheur !
> Victor HUGO.

Beau papillon, oh ! si près de la flamme
    Ne vole pas !
On brûle à moins les ailes de son âme,
    Prends garde, hélas !

Au tourbillon tu cours éblouissante
    De rêves d'or....
N'y laisse pas ta candeur rayonnante,
    Ton vrai trésor !

A ta vertu, ce divin diadème,
    Veille toujours !
Oh ! qu'elle soit ton diamant suprême,
    Et tes amours !

Ton jeune cœur, qui part d'une aile folle,
            Est-il bien sûr
De revenir de même qu'il s'envole,
            Heureux et pur ?

Lorsque le monde, infiltrant son mélange
            A ta vertu,
Fera pleurer près de toi ton bon ange,
            Dormiras-tu ?

Quand du plaisir émue et solitaire
            Tu reviendras,
Le soir, au lieu de dire ta prière
            Tu rêveras ?

Echafaudant quelque douce chimère,
            Tu souriras !
Puis ! quand fuira ce prestige éphémère,
            Tu pleureras !

Te souvient-il de ta blanche couronne,
            Fleur de l'autel,
Lorsque s'unit dans ton cœur, chaste trône,
            La terre au ciel ?

Ah ! voudrais-tu ternir cette auréole,
      Pur souvenir !
Mieux vaut là-haut que ton âme s'envole,
      Mieux vaut mourir !

Il est d'ailleurs plus de douceur intime
      Dans le devoir !
Dans ce sentier plus d'un cœur est sublime
      Sans le savoir.

L'âme déchue ici-bas est martyre,
      Sache-le bien !
Son froid sourire est-il un vrai sourire ?
      Je n'en crois rien !

Oh ! prends bien soin de ta riante aurore,
      L'éclair est feu !
Soir et matin à deux genoux implore
      La Vierge et Dieu !

Dans un azur sans ombre ni nuage,
      Brillant d'attraits,
Tu vois flotter un séduisant mirage :
      Si tu savais !

Oh ! ne crois pas ces vaporeuses brises,
            Flatteurs échos !
Le monde ment ! — Pour toi que de surprises
            Dans ces deux mots ?

D'abord, enfant, le rêve où tu te plonges
            T'enivrerait....
Mais dans un jour le prisme de tes songes
            Se briserait.

Arrête-toi ! les fleurs sont épineuses
            Là plus qu'ailleurs ;
Et l'on y voit les tombes douloureuses
            De bien des cœurs !

Garde le tien tel que le Dieu qui t'aime
            Pour lui l'a fait ;
Car s'il allait perdre le sceau suprême,
            Enfant, qui sait ? ..

Saurait-il bien plus tard rompre sa chaîne,
            Devenir pur ?
Il vaut mieux être Agnès que Madeleine,
            C'est bien plus sûr !

A MLLE CAMÉLIA F.

—••••••—

Allons ! ma Muse, écoute-moi !
Quelque brise douce et flatteuse
Dans un cœur a parlé de toi ;
Réponds vite et sois gracieuse.

Une vierge implore tes chants ;
D'elle tu ne sais que deux choses :
Son joli nom, ses dix-neuf ans,
Parle-lui comme on parle aux roses.

9

Ne va pas d'elle avoir grand'peur !
C'est une charmante nature;
Elle t'écoute avec son cœur,
Peut-il être meilleur augure ?

Si tu pouvais avec ta voix
Obtenir d'elle un doux sourire,
Tu trouverais une autre fois
Mille amabilités à dire.

. . . .

Ce que j'implore pour mes chants,
C'est, vous le voyez, jeune fille,
Un rayon de votre printemps,
Vous, l'étoile de la famille !

La vanité n'inspire pas;
Applaudir ne vaut pas sourire ;
De votre âme un mot dit tout bas,
C'est là l'espoir qui seul m'inspire.

Vous êtes deux fois une fleur :
Par votre nom et par votre âge;
Sans doute aussi par votre cœur,
Cela parfume davantage.

De ce cœur un doux sentiment
Instinctif, sincère, fidèle,
Un sympathique mouvement,
Voilà ce que ma voix appelle.

Ce tendre vœu d'une amitié
Peut-être me rend indiscrète,
Mais j'en offre aussi la moitié ;
Car au retour mon âme est prête.

DERNIER SOUPIR.

Entendez-vous le glas qui pleure ?
Songez et pliez le genou !
Une âme vient de fuir sa terrestre demeure
Pour s'envoler... qui sait vers où ?

Vivants , saluez le mystère !
Priez pour l'âme votre sœur !
Que de vos cœurs émus un écho funéraire
S'élève au trône du Seigneur !

Nous ne savons rien que la tombe
Dans ces mystères du départ.
Quels sont les horizons que l'être qui succombe
Cherche dans un vague regard ?

Tout fuit devant notre paupière
Dans ces profondeurs de la mort ;
Un enfant endormi sous une blanche pierre
En sait plus que nous sur le port !

. . . .

Pauvre âme ! au seuil d'une autre sphère
Tu frissonnes sous le mystère
Qui fait de toute vie un hymne à l'inconnu :
Tu pars, tu fuis, mais où vas-tu !

O frayeurs de l'heure suprême !
Quel espace va s'entr'ouvrir ?
Sainte religion ! celui-là seul qui t'aime
Sans épouvante peut mourir !

Pars dans une étreinte plaintive
Mais sans frisson, toi qui priais !
Le paradis de Dieu t'attend sur l'autre rive,
Plein de mystérieux attraits !

Ce dernier soupir qui s'exhale
Dans les angoisses de l'adieu,
Va s'achever là-haut dans l'hymne triomphale,
Dans l'hosanna des saints de Dieu !

Mais quel frémissement t'agite ?
N'est-ce pas le ciel qui t'attend ?
N'est-ce pas le Seigneur qui de là-haut t'invite
A l'aimer éternellement ?

Trois anges viennent de leurs aîles
Fermer tes yeux !... oh ! calme-toi !
L'espérance et l'amour, des plaines immortelles
Montrent le chemin à la foi !

Va devenir toi-même un ange !
Va prier pour qui pleurera !
Va tout auprès de toi dans la sainte phalange
Garder la place à qui t'aima !

A MLLE GERMAINE L.

O gracieuse enfant ! sous vos boucles légères,
Que votre frais sourire a charmé mon regard !
Que votre doux baiser, trésor de vos deux mères,
M'a donné de leur bien une suave part !
Oh ! fée ou papillon, tendrement je vous aime !
Quoiqu'à peine votre aile ait passé devant moi.
Le bandeau souverain qui brille au front d'un roi
Vaut-il de vos sept ans le joyeux diadème ?
                    Non ! vos sept ans
                    Sont plus charmants !

O gracieuse enfant ! j'adore avec caprice
Les petits oisillons voletant dans les airs ;
J'aime leur jeune voix, qu'elle chante ou gémisse,
Au bord des ruisselets ou sur les flots des mers.

Oh ! mais ce n'est plus là mon caprice suprême !
Le trône aérien qu'un radieux essor
Donne à ce léger roi dans un nuage d'or,
Vaut-il de vos sept ans le joyeux diadème ?
        Non ! vos sept ans
        Sont plus charmants !

O gracieuse enfant ! j'aime parmi les herbes
Mille paillettes d'or, d'argent, de vermillon !
Oh ! oui, j'aime les fleurs, riantes ou superbes;
Leur calice embaumé perdu dans un rayon.
Mais est-ce là surtout l'auréole que j'aime ?
Oh non !.... De tous ces fronts le charme virginal,
Couronné de soleil comme d'un flot royal,
Vaut-il de vos sept ans le joyeux diadème ?
        Non ! vos sept ans
        Sont plus charmants !

O gracieuse enfant ! j'aime dans la nuit sombre
L'étoile suspendue au céleste rideau ;
Ces radieux essaims d'astres épars dans l'ombre
Me feraient oublier et la fleur et l'oiseau.
Mais plus que tout cela, jeune enfant, je vous aime !
L'oiseau, la fleur, l'étoile ont un bien doux attrait,
Mais je préfère au leur votre frais diadème,
Car vous m'avez souri !... c'est ce qu'ils n'ont point fait.

LA CONNAISSEZ-VOUS ?

La corolle la plus volage,
Qui tremble au souffle le plus doux,
Qui fuit comme un oiseau sauvage,
Cette fleur, la connaissez-vous ?
Elle s'éparpille à la brise ;
Elle meurt si vous la cueillez ;
Sa tige légère est assise
Sur l'humide bord des fossés.

Son front, paré de mille aigrettes
D'un blanc terni sous les chaleurs,
La rend une des plus coquettes
Et des plus gracieuses fleurs.
Elle est cent fois plus délicate
Que les frêles coquelicots ;
D'un papillon l'aile écarlate
La disperse en de légers flots.

Je ne crois pas qu'il soit au monde
Rien de plus fragile au zéphyr;
Un vent qui ne ride pas l'onde,
Par centaines les fait mourir.
J'en ai cueilli souvent à l'heure
Où le soleil, pâle, s'endort;
Elles ont une voix qui pleure,
Disant des mystères de mort.

Elles parlent de tristes choses
Qu'une fée annonce le soir;
A l'heure où se fanent les roses,
Venez si vous voulez savoir.
En mourant, la corolle humide
Vous dira d'une voix timide
Si vous devez vivre longtemps;
Car c'est là le secret du marabout des champs.

ALMA.

Le soleil se jouait dans les humides branches ;
Laissant aux papillons le calice des fleurs ,
Les oisillons dormaient sous de chaudes vapeurs ;
Les vagues se gonflaient sous l'eau des avalanches.

C'était un bien beau jour ! un bien charmant pays !
Sur des ailes d'argent voltigaient mille rêves ;
La poussière à grains d'or scintillait sur les grèves ;
Les parfums ruisselaient : c'était un paradis.

Seule, baignant ses pieds dans la fraîcheur des ondes,
Une enfant était là qui pleurait tristement ;
Sa voix dans les sanglots murmurait lentement :
Oh! que ne puis-je fuir comme ces eaux profondes ?

Mon Dieu ! disait l'enfant, n'auras-tu pas pitié
Des larmes de mon cœur, des larmes de ma mère ?
Car, loin de son Alma, deux fois veuve sur terre,
Comme elle doit gémir, seule, sans amitié !

Dans ton beau ciel, mon Dieu ! peut-être l'as-tu prise.
O mère ! si tu dors de ce calme sommeil,
Tu ne me verras plus sourire au grand soleil !
Tu ne m'entendras plus causer avec la brise !

Mais non ! dans ta demeure, ouverte aux malheureux,
Tu gardes tes baisers pour l'enfant que tu pleures ;
Pour nous, depuis longtemps que longues sont les heures!
Ah ! ce serait trop tard de ne te voir qu'aux cieux !

Mère, t'en souvient-il, lorsque, toute petite,
Tu joignais mes deux mains pour me faire prier ?
Pour dire comme toi, j'aimais à bégayer ;
Puis tu mouillais mes doigts avec de l'eau bénite ;

Hélas ! pourquoi ce temps nous a-t-il dit adieu ?
Aujourd'hui pour prier il faut que je me cache ;
Car on ne m'aime pas, et toujours on se fâche
Quand je pleure ma mère ou que je nomme Dieu !

Oh ! si j'étais rendue à ton cœur qui m'appelle ,
Je n'irais plus jamais cueillir si loin mes fleurs ;
Et rien ne pourrait plus séparer nos deux cœurs ;
Car à ta douce voix , je serais si fidèle !

Hélas ! si j'avais su !... Si tu savais, hélas !
Oh ! qu'ils m'ont fait de mal , depuis ta longue absence !
Mère , si tu savais quelle amère souffrance
C'est de chanter tout haut et de pleurer tout bas !

Car, pour les satisfaire il faut être joyeuse ;
Ils t'ont pris ton Alma pour la faire mourir ;
Car il me faut jouer, moi , pour les réjouir ,
Et leur gagner de l'or que je mendie , honteuse !

Oh! ce doit être mal aux regards du bon Dieu
De ravir les enfants aux baisers de leur mère !
Moi , j'étais égarée en un lieu solitaire
Lorsqu'ils m'ont amenée... et sans te dire adieu !

Et moi je les suivis confiante, rieuse ;
Car ces méchants disaient qu'ils m'amenaient vers toi !
Mais je ne t'ai plus vue, et là-bas, loin de moi,
Tu dois pleurer aussi, nuit et jour anxieuse !

Mère ! si tu pouvais regagner ton trésor !
J'ai dans le fond du cœur une frêle espérance ;
Car je crois que ceux-là qui font notre souffrance
Vont me vendre bientôt, bientôt, pour un peu d'or !

Vois-tu, j'ai tant pleuré, que je suis bien malade !
On ne veut plus de moi qui n'ai pas de gaîté ;
Quand du matin au soir, mère, on n'a pas chanté,
On est bien criminel dans la bande nomade !

A d'autres ravisseurs on va me confier ;
Ceux-là ne sauront pas où gîte mon village ;
Et s'ils vont aborder un jour à notre plage,
Que j'irai vite à toi pour me réfugier !

Et l'enfant consolée épanchait sa souffrance ;
Ses larmes se séchaient en rêvant le retour,
Et les flots lui parlaient d'un filial amour,
Et le vent l'endormit dans un chant d'espérance.

. . . .

Oh ! que le ciel est noir ! que l'autan est glacé !
Oh ! quel sinistre écho s'engouffre dans les branches !
Qu'est-ce là devant nous que ces deux pierres blanches,
Et le feuillage en pleurs de cet arbre affaissé ?

C'est la tombe d'Alma, sur son natal rivage.
Longtemps elle a souffert, longtemps elle a pleuré ;
Elle dort aujourd'hui sous cet arbre éploré ;
Pure comme son nom, belle comme son âge.

Oh ! ne gémissez pas ! elles sont toutes deux,
Et la mère et l'enfant, dans un sommeil intime.
Il ne faut pas pleurer ; car ce n'est point l'abîme
Qu'elles ont trouvé là, c'est la route des cieux !

Oh non ! ne pleurez pas, puisqu'elles sont ensemble !
L'enfant avait raison d'espérer le retour :
Comme elle l'avait dit elle revint un jour,
Et s'enfuit à grands pas comme un captif qui tremble.

Elle alla sur le seuil du berceau d'autrefois ;
Mais rien ne répondit à sa voix douloureuse !
Elle comprit !... et là, sur la route poudreuse,
On la vit repasser pour la dernière fois.

Alors , dans cet asile où la douleur sommeille ,
Elle vint à genoux appeler un doux nom ;
Quand le soleil pâli baissa vers l'horizon ,
On la vit s'endormir , blanche , aux mortes pareille.

Le lendemain , l'aurore en se levant là-bas
Frappa de ses rayons l'œil de la jeune fille ;
L'oiseau chanta gaîment , l'air baisa la charmille ;
Mais l'enfant ne vit rien, et ne s'éveilla pas !

A MES PARENTS ET AMIS DE TARBES.

Lorsque le soir se penche avec tristesse
Sur la feuillée où vous cherchez l'abri,
Regardez-vous parfois avec tendresse
Le front penché d'un arbuste flétri ?
C'est le symbole où mon cœur se révèle,
Lui qui vous cherche en un vague horizon !...
Quand le zéphyr vous caresse de l'aile,
L'écho parfois vous redit-il mon nom ?

Moi, j'ai dans l'âme un aimé sanctuaire
Où tous vos noms sont écrits de mes pleurs ;
Mon cœur ému les garde avec mystère :
Tous ces regrets jadis furent des fleurs !

Vous me restez comme de chères ombres ;
Comme un parfum que ces fleurs ont laissé ;
Vous étoilez mes jours devenus sombres,
Où le soleil avec vous a passé ;

Qui me rendra cette heure fugitive,
L'aube du soir sous vos arbres touffus ?
L'heure qui porte à mon âme pensive
Un souvenir des jours qui ne sont plus !
Je vous entends dans le fond de mon âme ;
Mon cœur vous voit dans un lointain regard ;
Et du passé plus rien je ne réclame
Que le bonheur, brisé par le départ !

Quand les rayons baissent et s'affaiblissent :
Quand le soleil se perd aux cieux lointains :
Quand les coteaux se taisent et pâlissent,
Le front rêveur, triste, je me souviens !....
Et de l'Adour, et des montagnes chères,
Et de vos cœurs il me vient des échos !
Et je confie aux zéphyrs éphémères,
Vous l'ont-ils dit ?.... ma tendresse et mes maux !

A MON AMIE SUSANNE Sᵀ-S.

Sous la nuée en deuil as-tu vu dans l'orage
    Percer parfois un flot d'azur ?
Tel dans mon horizon que recouvre un nuage
    Plane ton souvenir si pur !

Susanne, c'est bien toi que mon âme plaintive
    Aime à jamais comme une sœur !
L'étoile veille aux cieux , la fleur vit sur la rive ,
    Ton regard reste dans mon cœur !

Ton souvenir parfois me rend une espérance ,
    Car ta prière dit mon nom !
Ta voix en l'avenir me donne confiance;
    M'oublirais-tu jamais ?.... oh ! non !

Non ! car notre amitié, que Dieu même encourage ,
  Naquit d'une commune foi !
De la Vierge Marie elle a le patronage,
  Et l'autel me parle de toi !

Oui ! car c'est à te voir prier Dieu comme un ange
  Que je me dis : je l'aimerai !
Et tu lus dans mon cœur ; et par un doux échange,
  Ton cœur vers moi fut attiré !

Isolée aujourd'hui , tu vois de ta fenêtre,
  Comme alors, le gazon verdir ;
Reviendrai-je jamais en ces beaux lieux ?.... Peut-être !
  Ce mot vague m'aide à souffrir !

Espérant te revoir , mon âme se résigne,
  Et pour plus tard rêve des fleurs ;
Telle en des flots troublés l'aile blanche du cygne ,
  Telle est ton image en mes pleurs !

J'AIME MIEUX AIMER.

Mon âme avec douceur laisse errer son extase
De l'horizon qui penche à l'arbre qui frémit,
De la vague endormie à l'algue qu'elle rase,
Du nuage qui flotte à la fleur qui sourit.
Mais aux songes ailés mille fois je préfère
Le cercle où tendrement l'on vient se retrouver,
Où s'échange des cœurs le parfum solitaire !...
          J'aime mieux aimer que rêver !

Avec ravissement je contemple et vénère
Dieu, déversant sur l'homme un esprit créateur,
Et lui, l'homme d'un jour, fils du ciel sur la terre,
Joignant son grain de sable à l'œuvre du Seigneur.
Mais je préfère encore à ces splendides charmes
Celui de compatir lorsque je vois pleurer !
Plus doux est d'apaiser des larmes sous mes larmes ;
      J'aime mieux aimer qu'admirer !

Je songe avec transport aux légions des anges
Dont l'aile vaporeuse ombrage l'Éternel ;
A ses pieds balancé, l'encensoir des phalanges
D'un mystique parfum ravit les saints du ciel !
Ah ! si je pouvais fuir dans l'armée immortelle,
Parmi les Chérubins je n'irais pas m'asseoir !
Séraphins, votre part est pour moi la plus belle ;
      J'aime mieux aimer que savoir !

SYMPATHIES MYSTÉRIEUSES.

Un écho douloureux n'a-t-il jamais encore
Fait pleurer votre cœur sur des morts inconnus ?
Quand on lui dit qu'une âme a fini son aurore,
Regrette-t-il parfois ceux qu'il n'a jamais vus ?

Moi j'ai de ces pitiés pour des âmes souffrantes
Qui, lasses de pleurer, penchent sous le fardeau ;
S'endorment de bonne heure, et, repliant leurs tentes,
Vont s'asseoir dans le calme et la paix du tombeau.

Parmi les fronts glacés que chaque jour moissonne,
Dont un lugubre vent nous apporte les noms,
Il en est quelques-uns dont la pâle couronne
Sentit parfois mes pleurs humecter ses rayons.

Pourtant rien à ces cœurs n'avait lié mon âme;
J'ignorais que leurs flots voguaient au même port;
Nous n'avions échangé ni lumière ni flamme,
Et j'ai connu leur vie en apprenant leur mort.

Mais pour l'âme jamais rien ne meurt ni succombe;
Et, quand ma sympathie éclot sur un cercueil,
Mon cœur va soulever la pierre de la tombe,
Ou plutôt de nos cieux il aborde le seuil!

Et j'envoie au Seigneur ma pensive prière
Pour ceux dont le départ me fait tout bas gémir,
Et j'aime avec regret à travers le mystère,
Espérant qu'à ces morts la mort saura m'unir!

Je sens auprès de moi ces âmes fugitives;
J'entends un faible écho répondre à mon appel;
Il me semble parfois ouïr des voix plaintives
Rendre grâce à mon cœur et m'appeler au ciel!

N'as-tu pas mis, Seigneur, ta liberté suprême
Dans l'être que tu fis pour ressembler à toi ?
Rien saurait-il, la mort pourrait-elle elle-même
A notre âme immortelle imposer une loi ?

Ils sont partis ?.... Qu'importe un changement de sphère?
Ils sont frères toujours, ceux qui sont tes enfants !
Est-ce que l'exilé qui retourne à son père
N'est plus l'ami de ceux qui pleurent plus longtemps ?

Nous nous reconnaîtrons, Seigneur, à ta lumière !
Je crois au jour sans nuit du pays immortel !
Aurais-je aimé, mon Dieu ! quelques grains de poussière?
Un peu de poudre éparse aux quatre vents du ciel ?

Non ! et me fallût-il une preuve invincible
Pour rassurer ma foi sur ton éternité,
Je l'aurais dans mon cœur qu'un élan indicible
Vers des morts inconnus a soudain emporté !

PASSE!!!

Où donc vas-tu , fauchant toute herbe sous le ciel ,
O Temps ! dévastateur impassible et cruel ?
Balayant devant toi les siècles et leur trace ,
Pulvérisant un peuple en vagues tourbillons,
Dans l'abîme poussant les générations,
Entassant morts sur morts, et disant toujours : « Passe!!! »

Où vas-tu ? sous quels cieux nous entraîne ton vol,
Arrachant toute vie enracinée au sol ?
Es-tu gouffre sans fond ?... insatiable espace ?
Oh ! laisse-moi planter ma tente pour un jour
En un site paisible, en un calme séjour !
Laisse-moi m'abriter contre ton souffle !... « Passe!!! »

Mais il fait bon ici, car ici j'ai mon cœur !
Oh! détourne ton cours, suprême envahisseur !
Mon âme va saigner si tu m'entraînes ! grâce !
Ma prière est de pleurs, d'angoisses, de sanglots !
Sauve-moi de tes coups! sauve-moi de tes flots !
Je veux rester!.. attends!.. un jour!.. une heure!... « Passe!!! »

Oh! pitié! vois, une ombre a glissé près de moi !
Son aile en m'effleurant m'a fait frémir!... Pourquoi ?
Qu'est-elle? Je veux fuir ! je veux chercher sa trace !
Oh! rien que la revoir! rien qu'apprendre son nom !
Puis j'attendrai le ciel pour la réunion !
Oui, je la quitterai pour te rejoindre!... « Passe!!! »

Mais ralentis ton vol ! que je puisse en passant
M'enivrer aux parfums que me jette le vent !
Laisse-moi saluer le tableau qui s'efface !
Tout m'échappe!... la fleur a glissé sous ma main ;
La voix qui me charmait n'est qu'un écho lointain !
Laisse-moi m'arrêter; l'entendre mourir!... « Passe!!! »

Mais je n'ai pas encore essayé le repos !
Toujours poussé par toi sur de rapides flots,
Mon esquif va sombrer, car ma rame est bien lasse !
Va, va, je te suivrai, mais le port est lointain ;
Grâce pour aujourd'hui, je marcherai demain !
Pour reprendre courage ici je m'endors... « Passe!!! »

Mais que vois-je ?... suspends au moins mon dernier pas !
Quoi ! sitôt me voiler des voiles du trépas ?
Oh ! l'abîme entr'ouvert d'épouvante me glace !
Laisse-moi recueillir les forces de mon cœur !
Chercher à l'horizon un astre conducteur !
Par pitié, laisse-moi prolonger l'adieu !... « Passe !!! »

Et le tyran moissonne, enlève sans retour ;
Sans jamais se lasser il frappe nuit et jour !
A son fatal arrêt point d'appel, point de grâce !
Mais au-dessus de lui plane l'éternité,
Et, dans sa gloire admis, l'homme ressuscité
L'entendra dire au temps : « Ton règne est fini ! Passe !!! »

JE VOUS AIMERAI.

A Mademoiselle MATHILDE G...

Si vous aimez les herbes folles,
Les chants d'oiseaux sous les halliers,
Les feuilles formant des gondoles
Sur le ruisseau qui bat vos pieds;
Si vous aimez les chansonnettes
Que dit la brise aux fleurs du pré,
Et du matin les gouttelettes,
Mathilde, je vous aimerai !

Si vous aimez l'arbre qui pleure,
Et le nuage à l'horizon;
La voix monotone de l'heure,
La pâleur du dernier rayon;
Si vous aimez le soir qui tombe,
Comme, sur un œil azuré,
Lasse, la paupière retombe,....
Mathilde, je vous aimerai !

Si vous aimez la douce extase
Qui naît d'harmonieux accords,
Et qui de l'âme s'extravase
En soupirs, larmes et transports;
Si vous aimez la mer immense,
Le parfum d'un rêve doré,
Les nobles cœurs, la fraîche enfance,..
Mathilde, je vous aimerai !

Mais si vous aimez plus encore
Tout ce qui souffre et qui gémit;
Si votre voix émue implore
Pour le malheur, Dieu qui bénit;
Si vous restez fidèle à l'heure
Où tout fuit un cœur éploré,....
De ma tendresse la meilleure,
Mathilde, je vous aimerai !

Enfin, ô charmante inconnue !
Dont le cœur m'est déjà lié,
Si vous changez, d'une âme émue,
La sympathie en amitié;
A votre affection sincère
De tout mon cœur je répondrai;
Comme un délicieux mystère,
Mathilde, je vous aimerai !

CHANT D'AUTOMNE.

Le soleil a perdu ses sourires de fêtes;
La brise qui chantait semble tout bas gémir;
Des nuages obscurs voyagent sur nos têtes;
Nous n'avons plus de fleurs, les feuilles vont mourir!

Adieu les reflets d'or et la mousse émaillée!
Adieu les doux parfums et les ailes d'oiseaux!
Adieu l'air frais du soir sous l'épaisse feuillée,
Quand la lune jouait à travers les rameaux!

Voici venir à nous le charme monotone
D'un ciel pâle et rêveur, plein de regards pensifs;
C'est l'heure des adieux, car la paisible automne
A fait vibrer dans l'air ses mille cris plaintifs.

Ils vont passer tout bas, remplis de solitude,
Comme le crépuscule à son dernier rayon,
Ces jours où la nature avec calme prélude
A son sommeil glacé de toute une saison.

Et bientôt à nos yeux l'azur perdra ses charmes,
Les arbres leur verdure et les nids leur trésor ;
Et nous verrons flotter comme de blanches larmes
Ces papillons d'hiver qui n'ont pas l'aile d'or.

De tous les cœurs souffrants c'est l'heure sympathique ;
Car l'automne a des voix de plainte et de pitié ;
Ses coteaux dépouillés, son ciel mélancolique,
Semblent du deuil de l'âme avoir pris la moitié.

Oh ! c'est bien toi surtout, époque solitaire,
Qui fais germer en nous la fleur du souvenir !
De silence et de paix tranquille messagère,
C'est sous ton œil voilé que je voudrais mourir !

TOMBEZ !...

Tombez, tombez, ô fleurs! images sympathiques ;
L'une après l'autre, en foule, et sous le vent du soir ;
Livrez à sa merci vos fronts mélancoliques,
Fleurs, tombez à nos pieds comme tombe l'espoir !

Fuyez comme s'enfuit le parfum de notre âme !
La fraîche illusion et le rêve éthéré
Dont un buisson terrestre a déchiré la trame
Et dont rien ne nous rend le charme évaporé !

11

Symboles parfumés, comme un flottant nuage
Disparaissez dans l'air ou jonchez le gazon;
Il faut vous envoler; qu'importe en quelle plage?
Tout lieu pour l'exilé porte le même nom!

Ah! combien chaque soir il nous manque de songes!
Souvenirs de l'Éden, ce sont nos fleurs, à nous!
Le souffle de la vie en a fait des mensonges,
Et dès nos premiers pas nous semons les plus doux!

Dans une goutte d'eau votre front se relève;
Mais nos larmes, hélas! ne font pas refleurir
Ces croyances du ciel que l'heure nous enlève;
Et pour elles toujours se faner, c'est mourir!

Tombez, tombez, ô fleurs! images sympathiques;
L'une après l'autre, en foule, et sous le vent du soir
Livrez à sa merci vos fronts mélancoliques,
Fleurs, tombez à nos pieds comme tombe l'espoir!

L'AME.

Le temps n'existait pas, ni le ciel, ni la terre ;
Jéhovah seul vivait dans son éternité !
Rien n'était avec lui, pas même le mystère,
Car le mystère est né, non pas de sa lumière,
     Mais de l'humaine obscurité.

Et Dieu se reposait dans sa gloire infinie ;
Dans son propre hosanna, le seul digne de lui !
De son être adorant la suprême harmonie,
Il voyait toute époque à ses pieds réunie
     Dans un éternel aujourd'hui !

Or Dieu voulut créer et les mondes jaillirent !
Et le soleil s'assit au fond du firmament ;
Dans un embrassement la terre et l'eau s'unirent ;
Et les jours furent faits ; et les airs retentirent
        Sous les grandes ailes du vent !

La vie à larges flots découla du grand Être,
Et des êtres sans nombre emplirent l'univers ;
Mais le dernier fut fait digne de reconnaître
Son Dieu, son Createur ; — et le souverain Maître
Souffla sur lui, disant : « Sache seul qui tu sers !

        Ce souffle divin créa l'âme !
        L'âme, esprit, invisible flamme,
        Pure comme son pur auteur !
        Viatique de la poussière,
        Et qui combat sur cette terre
        Les nobles combats du Seigneur !

        Dieu la renferme dans l'argile ;
        Et sous cette main qui l'exile
        Elle souffre, brûle et gémit !
        Entendez-vous ces clameurs sourdes ?
        C'est que les chaînes pèsent, lourdes,
        Sur ceux à qui Dieu se transmit !

Ils ont pressenti d'autres sphères,
Mais leurs yeux, scellés aux mystères,
Ne vont pas si loin que leur vœu !
Ils auront soif jusques à l'heure
Où tout ce qui vit et qui pleure
Ira se consommer en Dieu !

. . . .

L'âme ! c'est ici-bas la beauté la plus belle !
Ouvrez, grands et sereins, les yeux de votre foi,
Et vous verrez passer dans sa course éternelle
Ce flambeau, cet éclair, ce flot, cette étincelle,
Et vous verrez sur vous briller cet astre-roi !

L'âme ! c'est la puissance ! et la vie, et la force !
L'âme ! c'est la grandeur ! l'amour, la liberté !
Sous la cendre, le feu ! la sève sous l'écorce !
        L'âme, c'est l'immortalité !

. . . .

Voyez-vous là, pâle, éteint, sans courage,
Cet homme assis?... C'est un pauvre exilé !
A-t-il sur lui le ciel calme ou l'orage?
Il n'en sait rien ! son cœur s'est envolé !

Il ne sent plus ses fers, sanglante trame,
Est-il prophète au seuil du paradis!
Non! il sourit; on n'enchaîne point l'âme!
Son corps se meurt, son âme est au pays!

. . . .

Qui ne sait dans son cœur la rayonnante histoire
De nos chrétiens martyrs, anges-rois des brasiers?
Sur leur drapeau divin, leur étendard de gloire,
Brille, écrit de leur sang, un mot suprême :« Croire! »
Et, l'âme sur leur front où germent des lauriers,
Souriant au supplice, entonnant la victoire;
    Ils s'en vont mourir par milliers!

. . . .

Qu'est tout cela?... Toujours le triomphe de l'âme!
La matière embrasée à la céleste flamme,
    Le terrassement de la mort!
C'est l'esprit qui parcourt et soulève le monde;
C'est le rayon qui vit, chauffe, épure, féconde,
    Le souffle qui jamais ne dort!

C'est l'âme, ardent foyer! l'âme, grande lumière!
L'âme, vaste soupir qu'envoie au ciel la terre!
    L'âme, instinct de la vérité!
Seul levier du progrès, source de l'héroïsme,
Ancre de la vertu, soif de l'idéalisme,
    Boussole de l'humanité!

Laissez passer, vainqueur , le torrent qui voyage !
Laissez passer le vent qui court de plage en plage !
  Place , place au soleil de feu !
Place à l'âme qui plane au-dessus de l'abîme
Et n'obéit à rien qu'à cette loi sublime
  De rester pure devant Dieu !

Gloire à lui , qui fit l'homme et lui prêta sa flamme !
Lui révéla son nom et lui souffla son âme !
  Gloire à Dieu ! gloire à Jéhovah !
Que tout vole à son but et remonte à sa source,
De Dieu nous descendons , à Dieu va notre course !
  Mêlons au sien notre hosanna :
  Gloire à Dieu ! gloire à Jéhovah !

MON RÊVE CHOISI.

Comme tous ici-bas, j'ai des rêves sans nombre ;
Émus, tristes souvent, gais parfois, toujours doux ;
Mais parmi cet essaim, charme de la nuit sombre,
J'ai mon rêve choisi, qui me sourit dans l'ombre,
    Qu'à Dieu je confie à genoux !

Si vous l'avez aussi, vous saurez me comprendre,
Et vous m'écouterez quand j'aurai dit son nom ;
Nul peut-il ignorer tout ce qu'il a de tendre,
Lui si riche en parfums à verser, à répandre !...
    Est-il gloire, plaisir ?... Oh non !

Il est plus près du ciel et plus près de la terre !
— Il vient de Dieu vers l'homme en intime soupir.
Près du ciel, car son trône est la croix du Calvaire,
Près de la terre, hélas ! car nous sommes misère,
    Et ce rêve a nom : Compatir !

Oh ! je l'ai trouvé beau dans des heures de charme,
Avec son aile d'ange au frôlement divin !
Il a des mots si doux pour calmer toute alarme !
De si chastes baisers pour sécher toute larme,
    Et tant de baumes dans sa main !

Alléger, secourir ! consoler l'être infime !
Sourire au malheureux déshérité d'amour !
Tendre au désespéré sur le bord de l'abîme
Sa secourable main !.. O mission sublime !
    Oh ! que de palmes à cueillir !

Compatir ! pure extase et vertu qui rayonne !
Larme, regard, prière, ou parole ou soupir !
Douce main qui sans bruit toujours bénit ou donne,
Soulevant de ses doigts la sanglante couronne
    Qui pèse au front nu du martyr !

A la plainte des cœurs servir d'écho soi-même ;
Aider celui qui tombe à l'écueil du chemin ;
Garder au plus souffrant sa tendresse suprême ;
Prier pour l'âme en deuil sur les tombes qu'elle aime ;
        Montrer l'étoile au pèlerin !...

O sainte volupté que le ciel encourage !..
— O suprême attribut de la Divinité,
D'avoir pour toute épreuve un espoir qui soulage ;
Pour tout sentier douteux un astre qui surnage,
        Et pour les morts, l'éternité !

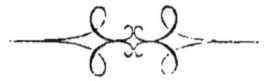

QUEL EST SON NOM ??

Son regard , c'est l'étoile au firmament éclose ;
Sa voix, sa douce voix , c'est la brise du soir ;
Son sourire pensif , c'est la fleur demi-close
Qui pâlit quand aux cieux la nuit revient s'asseoir.

Son pays, c'est la plage où les vagues profondes
Viennent , baisant le sable , expirer en chantant ;
Son berceau, c'est la grotte où naît le flux des ondes ,
Parmi les bruits confus des arbres sous le vent.

Son haleine céleste , émue , immense et pure ,
C'est le parfum mêlé des plus suaves fleurs ;
Son âme est l'éternel soupir de la nature ;
Sa lyre est dans les bois, son écho dans nos cœurs.

Son heure, c'est surtout du jour la dernière heure ;
Le crépuscule ombré tamisant l'horizon.
Elle aime ce qui fuit, ce qui s'éteint et pleure,
Et c'est aussi pourquoi l'automne est sa saison.

Voulez-vous rencontrer cette ineffable idole ?
Cherchez-la dans le calme et les sentiers perdus;
Aux tombeaux délaissés qu'elle seule console,
Dans les tours en ruine et les rochers fendus !

Elle est d'ailleurs partout où s'élève un murmure,
Partout où sous son aile un accord peut vibrer,
Partout où dans l'espace est libre sa voix pure ;
Là surtout où se trouve un cœur qui sait pleurer.

Dans un rêve elle endort les martyrs qu'on oublie;
Ses larmes font fleurir toutes les fleurs de deuil ;
Autour d'elle cent voix disent : « Mélancolie ! »
C'est son nom, révélé sur le premier cercueil.

LE MONDE ET DIEU.

La sève du printemps bouillonne dans vos veines ;
Vous avez des désirs et sans but et sans nom ;
Vous invoquez l'espace et le libre horizon ;
Et vous sentez sur vous comme un fardeau de chaînes.
Votre cœur interroge et votre âme est en feu !
Vous avez soif d'amour, de plaisirs et de fêtes,
Et vous ne songez pas, égarés que vous êtes,
        Qne tout cela s'appelle Dieu !

Dieu !...ce mot vous fait peur ! pour vous Dieu c'est un maître
Qui fait courber la tête et qui ferme le cœur !
C'est le verrou d'un cloître, ou bien un fouet vengeur !
C'est l'ennui dans la vie, — et dans la mort peut-être
Le désespoir !... Voilà ce que pour vous est Dieu !
Et vous vous détournez, le dédain à la lèvre,
Cherchant ailleurs la coupe où noyer votre fièvre,
    Du regard explorant tout lieu !

Et voilà qu'à vos yeux se présente le monde :
C'est bien ce qu'il vous faut ! du tumulte, du bruit ;
Des parfums tout le jour, des chants toute la nuit ;
Des astres et des fleurs ! l'ivresse vous inonde !
Et le monde vous dit : Viens, je suis le bonheur !
Viens, je te tresserai des jours pleins de sourires ;
Et tu t'endormiras aux voix de mes zéphires,
    Dont le concert est enchanteur.

Viens, chante-t-il encor ; viens, donne-moi ton âme !
Ce que je lui dirai la fera tressaillir ;
Car je murmure aux cœurs d'où s'échappe un soupir
D'ineffables secrets, des paroles de flamme !
Viens, et tu seras libre ! à toi sont tous mes biens !
Viens, viens, répète-t-il, et sa voix est si tendre
Que sans être entraîné vous ne pouvez l'entendre ;
    Et vous allez, car il dit : « Viens ! »

Ecoutez : vous avez quelque part sur la terre
Un ami dont l'absence afflige votre cœur.
Ses traits, vous les gardez dans l'âme avec douceur ;
Sa voix, vous l'entendez parler dans le mystère.
Eh bien ! si tout cela ce soir prenait un corps,
Que ce doux souvenir devant vous se fît homme,
Dans les bras de celui que vous pleuriez sans baume,
    Vous tomberiez avec transports !

Et vous mêlant tous deux dans la même existence,
Vous couleriez, heureux, quelques jours tissés d'or ;
Vous voyant le matin, le soir, la nuit encore,
Pour oublier les maux soufferts durant l'absence ;
Mais si cet homme, enfin, tendre jusqu'aujourd'hui,
Vous plongeait dans le cœur une perfide lame,
Vous le regarderiez, et le trouble dans l'âme,
    Vous diriez : « Ce n'était pas lui ! »

Non ! ce n'était pas lui ! mais c'était un mensonge
Qui, pour vous mieux tromper, prenait des traits amis ;
Se nommait d'un nom cher parmi les noms chéris,
Et qui vous retenait dans l'extase d'un songe !
Eh bien ! le monde aussi prend des traits adorés !
Il se nomme bonheur, amour, beauté, délices !
Il se fait Dieu, le traître ! et sur les précipices
    Il ferme vos yeux enivrés !

Ah ! vous serez amis quelques jours éphémères ,
Tant que le charme aura sur vos yeux éblouis
Le prestige d'un rêve aux champs épanouis !
Mais viendra le moment des trahisons amères ;
Alors, posant la main sur votre pauvre cœur ,
Vous le sentirez plein d'angoisses et de vide ;
Et, trouvant à vos fronts une première ride ,
　　Vous direz : « C'était un menteur ! »

Ah ! puissiez-vous alors à la clarté céleste
Eclairer votre cœur perdu sous un ciel noir ;
Découvrir un abri contre le désespoir ,
Et sentir que du monde un remords seul nous reste.
Puissiez-vous revenir à vos chemins premiers,
Et dire, agenouillés comme au jour de l'enfance :
«Mon Dieu! c'est bien vers toi qu'allait ma soif immense;
　　Mais j'avais pris de faux sentiers ! »

SOUVENIRS D'ENFANCE.

Lorsque j'étais enfant, j'allais parmi les herbes
Voir ma robe traîner comme celle des rois ;
Et j'étais grande dame avec des airs superbes !..
Mais ce n'est plus alors, ce n'est plus autrefois !

Je me contais le soir de ravissantes choses,
Nommant d'un même nom la vie et le bonheur !
Mon âme pour voler avait des ailes roses,
Et je n'entendais rien que la voix de mon cœur !

Tantôt sous le ciel bleu, tantôt au coin de l'âtre,
Je me chantais des airs qui me faisaient pleurer;
J'aimais moins les jouets et la danse folâtre
Que les songes d'azur qui venaient m'enivrer.

Mon rêve le plus doux, c'était une chaumière
Tout près d'une montagne et d'un petit ruisseau ;
J'aurais semé des fleurs, j'aurais été bergère,
Et j'aurais pu dormir aux murmures de l'eau !

J'adorais ce destin ; je l'aimerais encore ;
Je voyais sous mes doigts une bêche d'argent ;
Et, pour rendre jaloux l'arrosoir de l'aurore,
Le mien, fait de cristal, était un diamant !

Oh ! de fleurs et d'oiseaux quel joli pêle-mêle !
Feuille à feuille, je crois, j'aurais refait l'Eden !
Puis, ce mirage enfui, mon âme d'un coup d'aile
M'ouvrait des palais d'or au dôme aérien.

Mais sur terre déjà j'ai trouvé tant d'épines
Que j'ai laissé tomber mon prisme rose et bleu !
Mon âme qui chantait n'a que des voix chagrines,
Et je ne rêve plus que le ciel du bon Dieu !

LE CYGNE.

Dédié à mon amie Suzanne St-S.

—◁◦▷—

Beau cygne, roi des ondes,
Vogue dans leur azur !
Va, dans les eaux profondes
Mirant ton cou si pur !
Berce ton aile blanche
Aux caprices de l'air !
R egarde devant toi s'incliner chaque branche,
Passe, majestueux et fier !

Éblouis et rayonne
Comme l'étoile aux cieux !
Sur ton limpide trône
Domine, radieux !
Sais-tu de ton plumage
La suprême beauté ?
L'avalanche des monts et le lis du rivage
Ont seuls ta fraîche pureté !

Je te suis sur les grèves
Dans un suave émoi !
Le sylphe de nos rêves
Est-il plus beau que toi ?
L'eau frémit quand tu passes
D'un bruit doux et divin !
Beau cygne, ton trésor de charmes et de grâces
N'a rien perdu depuis l'Eden !

Mais ton serein murmure,
Mais ta céleste voix,
Dans quelle âme assez pure
Les verses-tu parfois ?
Et qui jamais sur terre
Entendit cet accent,
— Souffle du paradis, écho, songe ou mystère,
Qu'on appelle ton dernier chant?

ROSE D'HIVER.

Quel souffle a pu t'aider à fleurir, pauvre Rose ?
Pourquoi ne pas t'ouvrir en un radieux jour ,
Quand le soleil s'épanche en effluves d'amour ?
Tes sœurs ont disparu , te voilà seule éclose !
Ton parfum isolé s'évapore et se perd !
Pauvre fleur ! prends bien garde à ta parure rose !
A ce temps pour mourir il faut si peu de chose ,
   Rose d'hiver !

Tu n'as que peu d'instants à balancer ta grâce ,
Car la terre est sans séve et le ciel sans rayon ,
Et j'entends sous les toits s'engouffrer l'aquilon !
Ses baisers sont si froids que leur étreinte glace !
Va , jette à large flots tes baumes à l'éther !
La rafale s'approche et tout meurt sur sa trace ;
Incline-toi ! peut-être elle te fera grâce ,
   Rose d'hiver !

La voilà qui s'enfuit et te laisse, pauvrette !
Mais elle reviendra, ce n'est pas pour longtemps !
Oh ! hâte-toi de vivre et de sourire aux champs,
Toi, leur dernier bijou, leur unique fleurette !
Ah ! qu'ils étaient plus beaux dans le printemps d'hier !
Pourquoi venir si tard ? Est-ce, dis-moi, coquette,
Pour n'être point jalouse et pour briller seulette,
          Rose d'hiver ?

Je le vois, il est vrai, ta couronne sereine
N'aura pas de rivale en ces arides lieux,
Car, hélas ! te voilà bien seule sous les cieux !
Mais tu n'as pas d'esclave à river à ta chaîne,
Et ce n'est pas régner que trôner au désert :
Puisqu'il faut une cour à toute souveraine,
Sans vassaux à tes pieds tu ne peux être reine,
          Rose d'hiver !

Ah ! qu'il eût mieux valu dans un groupe champêtre
Entremêler ton front au front pur de tes sœurs,
Et recueillir ta part des divines chaleurs !
Vois, l'ouragan revient et tu vas disparaître !
Oh ! j'ai pitié de toi ! viens, loin du givre amer,
Encenser la Madone et sous ses yeux renaître :
A ses pieds tu vivras quelques aubes peut-être,
          Rose d'hiver !

A MON COUSIN FÉLIX G.

ET A MA NOUVELLE COUSINE ANTOINETTE.

Oui, j'aurais aimé vous entendre
Tous les deux au pied de l'autel
Murmurer le mot pur et tendre
Qui tisse un lien éternel !

Et j'aurais aimé voir sourire,
Sous sa couronne d'oranger,
La blonde tête qui m'attire ;
Mais il ne faut pas y songer !

D'ailleurs, tout en craignant l'absence,
Mon âme sait la défier ;
Et puis, dans l'ombre et le silence
Pour vous je pourrai mieux prier !

Tandis que le soleil des fêtes
Sur vous répandra ses rayons,
Mon cœur, joyeux puisque vous l'êtes,
A Dieu redira vos deux noms ;

Car le bonheur, divin mystère,
Est un voyageur en ces lieux ;
Et pour visiter notre terre
Il faut qu'il descende des cieux.

A MLLE MARIE F.

Pour la chanter, non, elle est trop modeste ;
De chaque éloge elle me punirait !
Chanter son nom !... mais son nom est céleste !
Trop dans mes vers son éclat pâlirait.

Ma lyre, hélas ! faudra-t-il donc nous taire ?
Non, me dis-tu ; car mon cœur a dit non !
Chantons, alors, chantons ; mais comment faire,
Pour ne parler d'elle ni de son nom ?

Ah ! voici bien le plus gracieux thème !
Je vais tout bas lui parler d'amitié ;
Que ce serait un ravissant poëme ,
Si sa belle âme en faisait la moitié !

Sa douce voix ajouterait des charmes
A ce sujet déjà délicieux ;
Et m'apprendrait, en me donnant des larmes ,
Comment ce mot se traduit dans les cieux !

Ta part, mon cœur, sera bien courte à dire !
Va : « Je vous aime ! » — et puis arrête-toi ;
Si c'est assez pour la faire sourire ,
Sachons l'aimer sans lui dire pourquoi.

A MLLE CORINNE B.

Dans tous les lieux, en tous les temps,
Aimer fut une douce chose :
Le papillon aime la rose,
L'hirondelle aime le printemps !

Deux cœurs sur qui ce souffle passe
Sont l'un pour l'autre préparés ;
C'est ainsi qu'à travers l'espace
Les nôtres se sont rencontrés.

Sur son aile capricieuse,
Le vent de la publicité
Jusqu'à vous naguère a porté
L'écho de ma Muse rêveuse,

Et dans le fond de votre cœur
Vous avez dit, sensible et tendre :
« De mon âme cette âme est sœur,
Puisqu'il m'est si doux de l'entendre ! »

Oh ! je sais tout cela !... merci !...
Et je sais autre chose même ;
Vous avez ajouté : « Je l'aime ! »
Laissez-moi donc le dire aussi.

Mon cœur s'est enchaîné bien vite
Au cœur qui prononçait mon nom !
N'accusez pas la marguerite
De cette douce trahison.

LES FLEURS.

Je les aime, je les adore ;
La fleur, astre tombé du ciel,
Pour y remonter s'évapore,
Changeant la nature en autel.
J'aime les fleurs le long des routes,
Dans les parcs, les bois, le sillon ;
Mais j'ai mon élue entre toutes :
Voulez-vous apprendre son nom ?

Sachez-le, c'est la Violette,
Encensoir au parfum divin ;
C'est mon bijou, c'est ma fleurette,
Mon étoile au bord du chemin !

J'admire sans doute, ô fleur reine !
Rose à la suprême beauté,
Sous ta parure souveraine
Et ta grâce et ta majesté !
Ta senteur enchante et caresse,
Ton sourire est éblouissant !
D'un hymne de gloire et d'ivresse
Mon cœur te salue en passant.....

Mais j'aime mieux la violette
Dans l'ombre voilée à demi,
Dont le front, caché sous l'herbette,
Par son doux parfum est trahi !

Je t'aime aussi, beaucoup je t'aime,
Pervenche aux limpides reflets !
Toi de la brise amour suprême,
Que chantent les rossignolets,
Pour m'endormir dans ta corolle
Je voudrais être papillon !
O délicate ! je raffole
De ta parure et de ton nom...

Mais j'aime mieux la violette,
Que la rosée aux pleurs brillants
De sa première gouttelette
Rafraîchit avant le printemps !

Pourquoi, toi dont le front se penche
Sur la rive des ruisselets,
Livrer ta colerette blanche
A des oracles indiscrets ?
Je t'aime et te plains, marguerite !
Bercée aux caprices des airs,
Diadème qu'un souffle agite,
Paillette des frais tapis verts !..

Mais j'aime encor la violette
Et son parfum, bien plus que toi !
Je t'oublirais pour sa conquête,
Marguerite, pardonne-moi !

Toi, des blés d'or léger caprice,
Qui ravis au ciel son azur,
Angélique et flottant calice,
Bluet au charme doux et pur,
J'aime ta grâce qui s'isole
Dans les solitudes des champs,
Et ta couronne, fraîche idole
Des oiselets et des enfants !

Mais j'aime mieux la violette
Qui se cache aux baisers du vent,
Aux caresses de la fauvette,
A mon sourire, bien souvent !

Et toi, diaphane corolle
Dont la grâce dit : « Aimez-moi ! »
Du souvenir frêle symbole,
Sourire au sympathique émoi,
O perle la plus mignonnette
Qu'ait la nature en son écrin,
Fleur timide, fraîche et coquette,
Myosotis, je t'aime bien !....

Mais j'aime mieux la violette
Qu'un sylphe fait épanouir,
Et qui se fane, la pauvrette,
Sans qu'un regard l'aide à mourir !

Que j'aime voir ailes et feuilles
S'entremêler dans les buissons !
Le nid léger que tu recueilles
Prend tes parfums, toi ses chansons,
O suave et folle aubépine !...
Neige odorante du sentier,
J'adore ton front qui s'incline
Quand passe le vent printanier !

Mais j'aime mieux la violette
Captive dans le frais gazon,
Sous le bercement de sa tête
Parfumant sa verte prison !

Et toi, pur comme la prière,
Lis! exilé du paradis
Dont la blancheur parle à la terre
De ton céleste et doux pays!..
Oh! je t'aime, et ton auréole
Est mon extase et mon soupir!
A tes pieds mon âme s'envole,
Mais l'ange seul doit te cueillir!..

Moi, je choisis la violette,
Encensoir au parfum divin;
C'est mon bijou, c'est ma fleurette,
Mon étoile au bord du chemin!

A MA PETITE AMIE MARIA L.

Vous m'avez menacée, et vous m'avez fait peur !
Quoi ! vous sauriez, à moi, dire : *Mademoiselle !*
Adolphine pour vous n'est donc pas toujours elle ;
Ne la voulez-vous plus dans votre petit cœur?

Mademoiselle ?... oh non ! je ne veux pas l'entendre !
Car ce grand mot si froid est fait pour m'effrayer ;
Puisque pour l'éviter j'ai ce chemin à prendre,
Je veux vous obéir ; enfant, je vais apprendre
      Dès ce soir à vous tutoyer.

Car vous avez raison, ce sera bien plus tendre ;
Je croirai posséder une petite sœur ;
Pour me récompenser d'avoir voulu me rendre,
Ne m'appelez jamais du nom qui me fait peur,
Et gardez-moi toujours dans votre petit cœur.

Mademoiselle ?.. oh non ! — Tout le long du voyage
Je veux de mon passé dorer mon avenir !
Si vous alliez pour moi changer votre langage,
Sous des titres nouveaux que je croirais vieillir !
Adolphine j'étais à la première page,
Et sous ce nom pour vous, je veux vivre et mourir !
Quand vous me le direz, je croirai rajeunir !

Car je me souviendrai qu'avec vous sur la route
J'ai senti le parfum de mes premières fleurs ;
Qu'avec vous j'ai goûté ces jours qui sont sans doute
La plus douce à jamais de toutes les douceurs !
Oh ! qu'il me sera cher à vous l'entendre dire
Ce nom qui m'appartient et me vit tant sourire !
Car je savais aussi sourire comme vous !
Chanter, courir, jouer dans vos groupes si fous !
Parmi ces flots d'enfants au gracieux délire
J'étais enfant aussi : vous en souvenez-vous ?

Mais je m'égare !.. hélas ! cette époque naïve
Est si chère à relire au livre du bonheur,
Lorsque l'on a passé déjà sur l'autre rive !
Je me tais !.. je défends à ma voix trop plaintive
D'aller troubler l'écho qui dort dans votre cœur !

Adieu donc, chère enfant ! adieu jusqu'à cette heure,
Cette heure de ce soir où, dans votre demeure,
          A votre affectueux désir
J'irai dans un baiser essayer d'obéir !

Car vous avez raison, ce sera bien plus tendre ;
Je croirai posséder une petite sœur !
Pour me récompenser d'avoir voulu me rendre,
Ne m'appelez jamais du nom qui me fait peur,
Et gardez-moi toujours dans votre petit cœur !

ENFANTINE.

A Monsieur B. Delmas, pour son nouveau-né.

O Chérubin rose !
Fleur à peine éclose,
Étoile des cieux !
Dieu montre à la terre
Un divin mystère
Écrit dans tes yeux !

Oh! dans ta jeune âme
Que rien ne réclame
Ton premier pays!
Car, enfant, regarde!
Celle qui te garde
Est du Paradis!

Oui, pour toi cet ange
A fui sa phalange
Avec un soupir!
L'ange n'a plus d'ailes,
Mais son cœur mieux qu'elles
Saura te couvrir!

Oh! que ton sourire
Sait tout bas lui dire :
Je te reconnais!
Dieu te fait ma mère,
Mais je fus ton frère,
Loin, là-haut, tu sais?...

O mignonne idole
Que sa lèvre frôle
De baisers si doux,
Parmi vos caresses,
Vos pleurs, vos tendresses,
Que vous dites-vous?

Ah ! votre langage,
Céleste ramage,
Nul ne le comprend ,
Si ce n'est ce barde
Qui chérit et garde
La mère et l'enfant !

Faites donc l'échange
De ce parler d'ange
Tombé du ciel bleu !
Sois de leur histoire
La joie et la gloire
Perle du bon Dieu !

MERCI !

A Monsieur ROBERT-VICTOR, Président-fondateur de
l'Union des Poëtes, à Paris.

Merci ! quand vous parlez, mon âme vous écoute ;
De son aile vers Dieu vous dirigez l'essor ;
Vos conseils sont pour moi le phare sur la route ,
L'étoile de salut aux chastes reflets d'or !

Si jamais dans mon cœur il surgissait un doute
Sur le sentier qui mène à l'éternel trésor ,
Oh ! pour m'orienter vers la céleste voûte ,
A ce guide béni je reviendrais encor !

J'ai compris votre voix ; la gloire est éphémère ;
Pourquoi nous enchaîner à la terre étrangère ?
Ce monde passera, l'homme n'est point d'ici !

Au Seigneur tous nos chants ! lui seul est et demeure !
Il reçoit l'hosanna comme l'hymne qui pleure !
O vous qui m'appelez à ses genoux ,... Merci !

L'OCÉAN DU RÊVE.

N'essayez pas de fuir sa voix qui chante ;
Car cette mer, la plus belle des mers,
A des accords d'une grâce enivrante
Et des parfums pour enchanter les airs.
Tout jeune cœur a côtoyé ses rives
Et s'est épris de ses charmes sans nom ;
Nous aimons tous ses ondes fugitives...
C'est l'Océan du rêve à l'immense horizon !

Pour endormir il a des chants d'extase,
Ses gouttes d'eau sont des perles d'argent ;
En reflétant le soleil qui l'embrase,
Il a du ciel le pur scintillement.
Si nous plongeons les ailes de notre âme
Dans son azur, dans son brillant cristal,
Nous enlevant sur une blanche lame,
Il nous ouvre le seuil d'un Eden idéal.

Parmi les chants dont il mêle l'ivresse
Au souffle ému d'un suave zéphyr,
Écoutez bien, un mot revient sans cesse ;
Le savez-vous? ce mot, c'est : Avenir !
N'essayez pas de fuir sa voix qui chante !
Car cette mer, la plus belle des mers,
A des accords d'une grâce enivrante,
Et de divins parfums pour enchanter les airs !

LE SOUVENIR.

Oh ! croyez-moi ! si Dieu , dans sa clémence,
Au vent d'oubli desséchait l'avenir ,
Nous sentirions le poids d'un vide immense ,
Plus lourd au cœur qu'un triste souvenir.

                              MESSIRE-JEAN.

Dans votre cœur sentez-vous son haleine ?
Parfois il dort ; mais il est toujours là :
Pour l'éveiller il faut un souffle à peine ;
Si sa voix parle, amis, écoutez-la.

Recueillez-vous dans ses longues extases ;
Car rarement le présent est si doux.
De votre vie il déroule les phases ;
Il dit des noms : les reconnaissez-vous ?

Il vous rendra vos tendresses premières ;
Il sait encor les refrains du berceau ;
Ecoutez bien !... C'est la chanson des mères
Qui balançait votre léger rideau.

Si vous laissez sa voix charmer votre âme,
Vous revivrez aux chaleurs du printemps :
Car de jadis il ranime la flamme,
Et sous son aile il garde vos vingt ans.

Sites et fleurs, visages et sourires,
Dans son regard tout se reflétera ;
Il est l'écho des voyageuses lyres ;
Il est l'ami de tout ce qui s'en va.

Assis dans l'ombre, il garde une frontière ;
Il voit passer, passer sur le chemin ;
Et, chaque fois qu'on franchit la barrière,
Il se recueille,... et dans son livre il peint.

Oh ! qu'il en sait de touchantes histoires !
Son front penché souvent porte le deuil ;
Et même alors qu'il lit de frais mémoires,
Il garde encor la langueur du cercueil.

Car il est, lui, l'étoile des décombres,
La voix des morts, le soupir du passé !
Il est drapé dans un long voile d'ombres,
Il parle bas comme un ange blessé.

Et malgré tout nous lui trouvons des charmes ;
Il nous attire à son parfum mourant ;
Et nous aimons son œil rempli de larmes,
Ses doux récits, adieux d'agonisant !

Oui, car il est la moitié de notre âme,
Lui, comme Dieu, l'intime confident !
Il fait la plaie, il verse le dictame,
Et nous pleurons, mais en le bénissant !

Il a surtout des heures qu'il préfère :
Il est le soir plus tendre et plus ému ;
Car il demande et silence et mystère,
Pour nous conter ce que nous avons su.

Il est bien bon, ce triste ami, ce frère !
Si vous trouvez, dans ce qu'il vous dira,
Un mot plus doux, une page plus chère,
Sans fin, pour vous, il les murmurera !

Il sait si bien d'hier les douces choses !
Meilleur que nous, il n'a rien oublié ;
Quand sans remords nous effeuillons les roses,
Il nous en garde un parfum par pitié !

Dans votre cœur sentez-vous son haleine ?
Parfois il dort, mais il est toujours là.
Pour l'éveiller il faut un souffle à peine ;
Si sa voix parle, amis, écoutez-la.

SA MAJESTÉ L'ÉTIQUETTE.

Je hais l'épineuse étiquette,
Qui gêne l'esprit et le cœur;
Elle a beau s'orner, la coquette,
Moi, j'aurai d'elle toujours peur.

Je ne sais vraiment qui l'inspire
Dans ses lois, — que j'ose railler; —
Car ses sermons me feraient rire,
S'ils ne me faisaient pas bâiller.

De cette majesté frivole
Je ne sais pas le code entier;
Mais je ne suis pas assez folle
Pour pâlir à l'étudier.

Demain, monsieur, demain, madame,
La reine-étiquette offre un bal ;
Et voici l'attractif programme,
De ce nocturne festival :

« Sans un ressort pour chaque membre,
» Et sans fard, point on n'entrera.
» Un chimiste dans l'antichambre
» Du dernier point s'assurera.

» On ne prendra part à la danse
» Qu'avec des gants cinq et demi ;
» Des compliments, des flots d'essence,
» Et des escarpins de péri.

» On se donnera mille peines
» Pour garder un sourire au front;
» Et ces dames auront des traînes
» Où ces messieurs trébucheront.

» Sur les pas de chaque valseuse
» Un murmure s'élèvera
» Disant :... « Qu'elle est délicieuse !
» On pensera... ce qu'on voudra.

» De l'hôtesse faisant l'éloge,
» Chacun dira : « La fête est bien ! »
» Et l'on écoutera l'horloge
» En répétant : « Mais c'est l'Eden ! »

» Un artiste à la pose auguste
» Dira de grands airs d'opéra;
» On ne manquera pas, c'est juste,
» D'applaudir lorsqu'il se taira.

» Chacun se croira magnifique;
» L'un de l'autre on se moquera;
» On méditera sa réplique;
» Si l'on peut, on s'amusera. »

Voilà, messieurs, voilà, mesdames,
L'à peu près du bal annoncé;
S'il peut tenter hommes ou femmes,
C'est demain, au soleil baissé.

Quant à moi , le plus loin possible
Je fuirai pour ne pas le voir ,
Car je trouve cela terrible ,
De se mesurer tout un soir !

J'aime si peu les révérences
Longues d'ici jusqu'à demain ;
Et les futiles bienséances
A propos de tout et de rien ,

Que si j'allais à cette fête ,
Sans doute on m'emprisonnerait ,
Car bien sûr il m'échapperait
Des crimes de lèse-étiquette

LE SOUPIR.

— Secrète voix du cœur, épanchement suprême, —
Le langage infini qui fait tout pressentir,
Qui dit joie ou douleur et toujours est le même;
         C'est le soupir !

Voyez-vous cheminer cette femme au front pâle ?
Elle doit dans son cœur ou rêver ou souffrir;
Elle ne parle pas; mais son âme s'exhale
         Dans un soupir.

Voyez-vous serpenter ce ruisselet modeste,
Reflétant la feuillée et le divin saphir ?
Il chante ses adieux à la prairie agreste,
         Dans un soupir.

Voyez-vous se bercer les arbres de la route,
Echevelés au vent, fiers d'un long avenir ?
Leur voix jette l'extase au passant qui l'écoute,
         Dans un soupir.

Sentez-vous, caressante, une aile qui vous frôle ?
C'est l'haleine du ciel, le baiser du zéphyr,
Le langage des airs, qui ravit ou console
         Dans un soupir.

La nature a des voix dans sa voix éternelle,
Le matin pour chanter et le soir pour gémir :
Quel est l'accord parfait de l'âme universelle ?
         C'est le soupir ?

AUX ENFANTS.

Entendez-vous gémir, grandes voix de l'espace,
Les vents, jetant aux cieux leurs éternels sanglots?
Entendez-vous mugir la rafale qui passe,
Bouleversant les airs, les arbres et les flots?
Enfants, n'ayez pas peur de ces plaintes immenses;
Elles couvrent les cris du monde châtié!
Vous qui n'avez au cœur ni remords ni souffrances,
Quand nous disons :« Pardon!.. » dites tout bas : « Pitié!»

L'ouragan est l'écho des voix universelles
Qui vont psalmodiant leurs hymnes de douleur ;
Et le ciel n'entend pas ces clameurs éternelles,
Car un soupir confus surgit seul du grand chœur !
Tous, tous disent : «Hélas !.. » bien peu : «Miséricorde! »
Dieu, des uns est maudit, des autres renié.
Oh ! touchez de son cœur la plus suave corde !
Enfants, dites : «Mon Père! » et puis, tout bas : « Pitié! »

Dieu vous écoutera, pour vous, pour vos familles ;
Car il est des douleurs que vous ne voyez pas,
Qui sont bien près, tout près de vos têtes gentilles,
Et qui saignent dans l'ombre, et qui pleurent tout bas !
Si vous n'étiez pas là pour chanter et sourire,
Le sourire et les chants, tout serait oublié !
Vous qu'aime tant le ciel, enfants, veuillez lui dire
Un seul mot de prière, un mot pour nous : « Pitié! »

Tandis que de nos cœurs le douloureux murmure
Ne sait pas entr'ouvrir le seuil du firmament,
Vous guérirez tout mal sans savoir qui l'endure,
Avec vos douces voix que le bon Dieu comprend !
En vain sur l'univers grondera la tempête !
Votre lèvre d'enfant d'un mot la couvrira.
Quand vous direz : « Pitié... » Dieu penchera la tête,
Et dans notre âme en deuil le pardon descendra !

L'OR.

Aux heureux de par l'or j'abandonnai la palme,
Mon trésor me restait, je l'avais dans le cœur !

Edouard HANOT.

Comment peux-tu, mon Dieu, retrouver ton image
Dans ces êtres courbés sous l'immonde servage
    D'une vile déité : l'or !
A genoux, et le front sous les pieds de l'idole,
Ils plongent dans la boue, eux, ceints d'une auréole,
    Pour voir s'il s'y cache un trésor !

Plus bas ! cherchez plus bas ! car l'or est sous la terre !
Allez ! les yeux baissés vers votre ignoble sphère,
    Fouillez plus bas, plus bas encor !
Laissez là le remords ; l'honneur, s'il vous en reste ;
Laissez là tout amour, chaîne par trop céleste !
    Il vaut mieux une chaîne d'or !

A la glèbe ! fouillez ! courage, les esclaves !
Brisez tous les liens, renversez les entraves !
    Bâtissez-vous un coffre-fort !
Il est de l'or partout ! dans le sang des familles,
Dans les sueurs du pauvre et les pleurs des pupilles :
    Partout, partout, il est de l'or !

Vite au but ! calomnie et trahisons infâmes !
Précipices, écueils d'existences et d'âmes,
    Dans tout cela germe un trésor !
Entassez des malheurs, des tombeaux, des victimes !
Creusez bas les sillons ! qu'importent les abîmes,
    Pourvu qu'il en sorte de l'or !

Allez ! le glaive au bras, le glaive pour combattre ;
Et la main sur le cœur, de peur qu'il vienne à battre.
    Mais en avez-vous un encor ?
Non ! vous pouvez doubler vos coups frappés dans l'ombre ;
Vous n'avez pas de cœur pour en compter le nombre,
    Mais vos doigts comptent les flots d'or !

Riche, sois donc heureux ! l'or, quelle belle chose !
Les verrous sont bien lourds et la porte bien close,
    Etale tout bas ton trésor !
Savoure, l'œil fiévreux, ce spectacle superbe !
Et commande en mourant qu'on te jette sous l'herbe
    Cousu dans un suaire d'or !

Qu'auras-tu pour te suivre ?.. un cortége splendide ;
Beaucoup d'habits de deuil, mais pas un œil humide !
    Et le deuil, c'est beaucoup encor !
Tu n'auras pas un cœur qui gémisse en prière !
Mais on dira sur toi, triste adieu funéraire :
    Il laisse, dit-on, beaucoup d'or !

Ah! qu'il eût mieux valu sécher beaucoup de larmes !
Verser beaucoup de bien , calmer beaucoup d'alarmes ,
    Et, quand ton heure aurait sonné ,
Mille cœurs eussent dit à Dieu , pleins de tristesse :
Reçois au paradis son âme avec tendresse ,
    Rends-lui ce qu'il nous a donné !

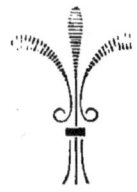

INVOCATION

A l'occasion de la maladie de Mademoiselle de V.-L.

Printemps, hâte-toi de sourire !
Verse les feuilles aux rameaux ,
Le parfum au joyeux zéphire ,
Les chansons aux petits oiseaux.
Répands tes rayons sur la plaine ;
Fais-toi bien doux et bien riant !
Peut-être que ta chaude haleine
Guérira cette pauvre enfant !

Ange gardien de l'innocence ,
Le plus bel ange du ciel bleu ,
De ta sœur tu vois la souffrance ;
N'en diras-tu rien au bon Dieu ?
Tu sais le céleste langage ;
Demande au Seigneur en pleurant ,
S'il aime d'amour le jeune âge ,
De guérir cette pauvre enfant !

Bons petits cœurs, douces phalanges ,
Vous qu'elle aimait , vous qui l'aimiez ,
Oh ! vous êtes aussi des anges !
Pour la malade , enfants, priez !
Il manque une amie à vos fêtes ;
Réclamez-la d'un cri touchant,
Et, bénissant vos jeunes têtes ,
Dieu guérira la pauvre enfant !

Toi , consolatrice suprême ,
Marie , étoile de pitié ,
Vois-tu ce lis , ton doux emblème ,
Sur sa tige déjà plié ?
Cette fleur , à beaucoup si chère ,
Vois, elle va s'étiolant !...
Oh ! rouvre enfin ton cœur de mère ,
Pour guérir cette pauvre enfant !

Seigneur, dans ce divin mélange,
S'il reste une place pour moi ;
A Marie, aux enfans, à l'ange,
Si je puis m'unir devant toi ;
Entends cette courte prière
Qu'à genoux je redis souvent :
Mon Dieu ! daigne bénir le père,
Et sa famille, et son enfant !

UNE BRANCHE DE LILAS BLANC.

A MON AMIE LOUISE B.

Lorsque , trouvant lourde l'absence ,
Et songeant aux jours disparus ,
J'évoquerai dans le silence
L'écho des voix qui ne sont plus ,
Je croirai voir ta douce image ,
Alors que le soir en chantant
Tu parais ton front sans nuage
D'une branche de lilas blanc.

Lorsque, rêveuse et solitaire ,
Je reviendrai dans ces chemins
Qui nous virent passer naguère ,
Enlaçant nos cœurs et nos mains,
Comme les oiseaux que j'écoute ,
Je ferai ma course en chantant ,
Si je rencontre sur ma route
Une branche de lilas blanc.

Louise ! mon cœur te réclame ;
Louise, je veux désormais
Respirer, pour guérir mon âme,
Les parfums que tu chérissais ;
Et c'est pourquoi je veux, fidèle
A la fleur qui te plaisait tant,
Qu'à tous mes pensers s'entremêle
Une branche de lilas blanc.

Si j'ai jamais une chaumière
Comme je la rêve en mon cœur,
A chaque saison printanière
Tu m'y porteras le bonheur ;
Et dans ma forêt toute blanche
A chaque pas en souriant
Tu pourras cueillir une branche,
Une branche de lilas blanc !

DEUX JUMEAUX.

Pour MM. G. et S. F.

Sous le regard de l'Eternel,
Entremêlant leurs douces flammes
Dans le pur langage des âmes,
Deux étoiles causaient au ciel.

Là-bas, bien loin, dans ce bas monde,
Disaient-elles, descendons-nous ?
Allons-nous voir la terre et l'onde,
Et les fleurs aux parfums si doux ?

Le bon Dieu qui nous fit si belles,
Le bon Dieu qui nous aime tant,
Voudra bien nous prêter des ailes
Pour descendre du firmament.

Partons ! vers la même famille
Inclinons nos fronts rayonnants ;
Les astres dont le ciel scintille
Sont assez purs, assez riants
Pour devenir petits enfants.

. . . .

Et les étoiles descendirent ;
Et sur la terre elles s'assirent
Au même foyer toutes deux ;
J'ai vu ces astres radieux.

Si vous les connaissez, vous les aimez sans doute :
Ce sont deux beaux enfants qui se donnent la main ;
Ensemble ils ont quitté l'aérienne voûte ,
Ensemble ils poursuivront leur glorieux chemin.

La lumière du ciel , vous la verrez encore
Au sortir de leur âme épanouir leurs yeux ;
Ils iront haut et loin ; leur cœur ne fait qu'éclore ,
Mais ils n'ont pour grandir qu'à regarder près d'eux.

PETIT ENFANT.

A M. A. L.

———

Du foyer le sourire ,
Le rayon et le chant .
C'est votre gai délire ,
Vos galops , votre rire ,
    Petit enfant !

Répandez l'allégresse ;
Vous en possédez tant !
Vos jours sont une ivresse ,
Une longue caresse ,
    Petit enfant !

Votre joie éphémère
Renaît à chaque instant !
Une boule légère
Rend auprès de sa mère
    Heureux l'enfant !

Il vous tarde peut-être
D'être bien grand, bien grand !
Si vous étiez le maître,
Plus ne voudriez être
    Petit enfant !

Ah ! gardez donc votre âge,
Monsieur l'impatient !
Oisillon, soyez sage !
Trop tôt s'ouvre la cage,
    Petit enfant !

Quand vous serez un homme
Vous en direz autant,
Car de la vie, en somme,
Mieux vaut le premier tome,
    Petit enfant !

Au foyer solitaire
Restez, éclair brillant !
La vie est-elle amère
Auprès de votre mère,
    Petit enfant !......

LE PASSAGE D'UN ANGE.

La cloche murmure un doux chant :
Qu'elle est joyeuse sa louange !
Le prêtre à l'âme d'un enfant
Vient de donner des ailes d'ange !

Et l'enfant a grandi ! — C'est une douce fleur
Qui parfume en s'ouvrant le foyer solitaire ;
Elle aime le bon Dieu, la Vierge, et puis sa mère ;
Elle est ange toujours par l'âme et par le cœur.

Entendez-vous ?... la cloche entonne un chant de fête !
   C'est le beau jour !
La chapelle rayonne, et chaque jeune tête
   Sourit d'amour !
Mille fleurs à l'autel entrelacent leurs branches,
   Neige et saphir !
L'encens parfume l'air et les âmes sont blanches;
   Dieu va venir !

Voyez ! l'enfant est là dans ce groupe candide.
Laissant avec l'encens monter son cœur au ciel,
Et vers le paradis ouvrant son œil limpide,
Elle jure au Seigneur un amour éternel !
L'extase de son âme est sa seule prière;
Tout son être est perdu dans la divinité !
Pourtant elle a tout bas dit le nom de sa mère;
Ce nom, même en ce jour, peut être répété !

   La cloche pleure ! — son accent,
   Las ! a changé comme tout change !
   Vers le ciel une âme en priant
   Vient de rouvrir ses ailes d'ange !

C'est bien elle, l'enfant, qui dans le sanctuaire
Reçoit l'adieu dernier de la vie au cercueil !
Cette femme tout près, cette femme est sa mère;
De qui nul ici-bas ne portera le deuil !

Sa fille a disparu comme s'envole un rêve,
Et son cœur maternel saigne seul sous le glaive !
Pleurons ! mais sur la mère et non sur son trésor !
Plaignons celle qui souffre et non celle qui dort !

Pauvre mère ! à ton cœur la plaie est douloureuse !
Mais lève ton regard; vois, ta fille est heureuse !
O mère ! bénis Dieu, — suprême dévouement !
D'avoir fait son bonheur en te martyrisant !

Mais, le cœur oppressé, la pauvre mère pleure,
Comme elle pleurera désormais à toute heure !
          Et parmi ses sanglots
          On distingue ces mots :
« Mon Dieu ! puisqu'il fallait qu'elle déployât l'aile
» Pourquoi ne puis-je pas m'envoler après elle ? »

LE PAPILLON BLANC.

Oh ! le joli papillon !
Oh ! les ravissantes ailes !
Sur le zéphyr où vont-elles
Les ailes du roi mignon ?
De délices en délices,
Plus volage que l'enfant,
Il ne vit que de caprices,
Ce joli papillon blanc !

De feuille en feuille il se pose,
Mais jamais ne se repose;
Oh ! l'inconstant voyageur !
Le voilà sur une fleur;
Il la flatte et la caresse,
La flétrit et la délaisse !
Mon Dieu ! comme il est méchant
Ce joli papillon blanc !

Si belle était la pauvrette
Que tu l'appelais coquette,
O papillon ravisseur
Du pur encens de son cœur !
Ah ! bien plus orgueilleux qu'elle,
Dans les pleurs qu'elle recèle
Tu te mires en partant,
O joli papillon blanc !

Que de fleurs depuis l'aurore
Tes baisers ont dû pâlir !
Las ! si tu savais encore
En garder le souvenir !
Mais tu perds la trace aimée
De la robe parfumée
Que tu frôles en passant,
O joli papillon blanc !

Vole, vole, toujours vole !
Es-tu le sylphe des airs ?
Plus léger qu'une corolle,
Plus blanc que les blancs hivers ?
Folle petite existence !........
Es-tu né pour l'inconstance,
Pour l'ivresse d'un instant,
O joli papillon blanc !

FRÈRE ET SŒUR.

―◁❂▷―

« J'ai soif !... » criait son âme (une âme de vingt ans !),
— Riche d'illusions , de force et de printemps ;
Il allait le front haut , la prunelle orageuse ,
L'esprit libre et léger. — Sa jeunesse fiévreuse
Vertigineusement faisait battre son cœur
Sous les magiques noms de gloire et de bonheur.
Il se sentait puissant pour penser et pour vivre,
Pour vider cette coupe au reflet enchanteur
    Dont la première goutte enivre !

Il s'en alla frapper à d'autres cœurs brûlants,
A des cœurs de son âge, à des cœurs de vingt ans !
Il eut beaucoup d'amis, des amis au fou rire,
Changeant la vie en fête et la joie en délire.

Il essaya de rire et de chanter comme eux ;
Leur bouche était si fraîche et leur front si joyeux !
Pauvre esquif égaré qu'engloutira l'écume !
Pour lui chaque plaisir devint une amertume ;
Son œil interrogeait, cherchait autour de lui
Si nul ne partageait son lourd fardeau d'ennui ;
Mais non ! il ne sut voir que lèvres souriantes,
Et regards satisfaits, et têtes rayonnantes !
Des refrains insensés troublaient l'écho des nuits,
Et l'ivresse sans fin du ciel couvrait les bruits.
Sous un rayon divin son œil sonda l'abîme ;
Il vit passer des flots de folie et de crime ;
Son âme, pure encore, eut un frisson d'horreur,
Et tout bas il se prit à murmurer : « J'ai peur ! »

Ce fut la première blessure,
La première ombre à l'horizon ;
Le premier mot d'une voix dure
Qui lui criait : Déception !
Mais il était fort de son âge
Et de ses instincts vertueux ;
Son front, sillonné par l'orage,
Redevint calme et lumineux.
Devant lui, large était l'espace !
Il chercha quelle était sa place
Au sein de la société.
Il s'avança parmi les hommes,
Pour apprendre ce que nous sommes

Au miroir de la vérité.
Il vit la foule curieuse
Déclarer grands tous ses flatteurs ;
Et, de la vertu dédaigneuse,
Se railler des plus nobles cœurs.
Il vit plus d'un visage sombre
Soudain s'illuminer dans l'ombre
Au cliquetis des rouleaux d'or !
Il ouït les bouches médire
De ceux qu'avec un faux sourire
Hier elles baisaient encor !
Il vit planer dans l'arrogance
Tous ceux dont la basse éloquence
Savait crier : « Regardez-moi ! »
Il vit ramper dans la poussière
Des hommes rongés de colère,
Disant : « Tout homme est notre frère !
Qu'on nous aide ! c'est une loi ! »
Et les mêmes, la main avide,
S'ils voyaient sur la terre aride
Un homme étendu, l'œil livide,
Ils s'écriaient : « Chacun pour soi ! »
Il vit tous les liens se rompre
Sous des dogmes dévastateurs ;
Il vit les âmes se corrompre,
Et se métalliser les cœurs !
Alors, triste et sans espérance,
Il s'enferma dans sa souffrance,

Et, tout seul, regagnant son toit,
Tout bas il se surprit à murmurer : « J'ai froid ! »

Quand il se retrouva seul dans sa chambre vide,
Il prit dans ses deux mains son front découragé;
Il demanda des pleurs à sa paupière aride,
Mais en vain!..—En un marbre il crut son cœur changé.
Il se souvint alors, dans sa douleur immense,
Qu'il avait une sœur, un ange d'innocence;
Il releva la tête, il prononça son nom,
Et de son désespoir lui demanda pardon.
Il chercha de ses doigts qui tremblaient sous la fièvre
Son souvenir d'adieu, gage doux et sacré !
C'était un crucifix ; il y posa sa lèvre,
Puis il lut sur les bords de l'objet vénéré :
« Enfants, venez à moi, je vous soulagerai ! »

Et ces mots ont rompu la glace !
Et tant de larmes ont jailli
Que bientôt la douleur s'efface,
Et qu'il n'en reste plus de trace
Sur son front grave et recueilli.
Il vit, mais dans une autre sphère;
L'œil au ciel, il tombe à genoux,
Et redit pour toute prière :
Merci, mon Dieu ! je suis à vous !

Ailleurs, pendant la nuit de ce jour mémorable,

Sa toute jeune sœur, cette vierge ineffable,
Vit dans son doux sommeil de magiques rayons,
Des songes merveilleux, d'étranges visions.
Il lui sembla se voir, parée et radieuse,
Au milieu d'une foule embaumée et joyeuse ;
Le bonheur sur le front, des fleurs dans les cheveux,
Elle resplendissait, captivait tous les yeux !
Des accords enivrants retentissaient près d'elle,
Et cent voix la nommaient des belles la plus belle.
Son regard était doux, son sourire enchanteur :
De la rose l'éclat, du cygne la blancheur
Dans ses traits s'éclairaient d'une céleste grâce,
Elle était ravissante !... ainsi disait la glace,
          Ainsi disait l'écho flatteur !
Comme l'enfant naïve, et pure comme l'ange,
Heureuse, elle accueillait ce concert de louange ;
Elle tremblait pourtant et se sentait rougir.
Son âme s'échauffait aux éclairs du plaisir.
Puis tout devint confus ; elle ne put entendre,
Regarda sans rien voir, écouta sans comprendre.
C'était un bruit mêlé de soupirs et de chants ;
Des nuages épais, puis des rayonnements.
Son âme pressentit dans un vague mystère
Le prestige du monde et sa douceur amère,
Ces bonheurs angoissés nommés du nom d'amour ;
Ce que d'illusions on peut perdre en un jour.
Elle entrevit encor dans ce sommeil étrange
Des anges qui bientôt n'avaient plus rien de l'ange ;

Des étoiles tomber de leur nid de saphir ;
De beaux lis inclinés se faner et mourir.
Puis le ciel devint noir, et lourde l'atmosphère,
Et tout s'évanouit dans des flots de poussière.

     Alors elle put un instant
     Retrouver son sommeil d'enfant,
     Mais ce fut court; un rêve encore
     Vint l'occuper jusqu'à l'aurore.
     Voici ce rêve consolant :

Dans une vaste nef, le long des piliers sombres,
Elle vit se glisser tout bas de blanches ombres.
C'était au crépuscule, et des reflets d'argent
Tombaient d'un ciel serein sur l'autel transparent.
Sous des voiles épais redisant leur prière
On entendit des voix remplir le sanctuaire.
Étaient-ce devant Dieu des chants de séraphins,
Ou des timbres de femme aux murmures divins ?
Oui, ces anges jadis avaient été des femmes ;
Mais le Seigneur donna des ailes à leurs âmes,
Et, fuyant l'Océan semé de mille écueils
Elles vinrent ici préparer leurs cercueils.
Ici, le voile est clair entre le ciel et l'homme ;
L'air même est imprégné d'un virginal arome ;
Tout respire la paix ! la vie est un long jour
Que berce un doux soupir vers l'éternel amour !
L'enfant vit tout cela dans son tranquille rêve ;

Et pour elle ce fut le baume après le glaive!
Son cœur se rafraîchit à ces chastes accents ;
Son âme s'embauma sous ce parfum d'encens !

Et, le matin, lorsqu'en prière
Elle recueillit à genoux
Les souvenirs tristes et doux
Des songes nés sous sa paupière,
Elle dit, ainsi que son frère :
« Merci, mon Dieu ! je suis à vous ! »

Voilà pourquoi tous deux, suivant la même route,
Ils sont allés vers Dieu sans retard et sans doute.
Elle, au cloître rêvé s'achemina soudain.
Lui, parle du Seigneur dans un pays lointain ;
Il sème, heureux, le grain de la bonne nouvelle,
Et la moisson, demain, comme elle sera belle !
On dit, quand il reçut l'onction du Seigneur,
Qu'il murmura, tremblant, sous les accents de fête :
«Je n'aurai plus ni froid, ni peur,
» Et ma soif sera satisfaite ! »

QUE TE MANQUE-T-IL ?

Pauvre âme, qui vas songeuse,
Baignant le sol de tes pleurs,
Voyant la ronce épineuse,
N'apercevant pas les fleurs;
Quel est ton secret martyre?
Rien ne sait-il te charmer?
N'as-tu donc vu te sourire
Rien que tu puisses aimer?
Pourquoi détourner la tête
De tous les biens d'ici-bas?
Pourquoi marcher inquiète
Du berceau jusqu'au trépas?
Arrête-toi sur la route
A chaque parfum léger;
Si quelque voix chante, écoute;
Tout donc t'est-il étranger?

Ton œil suit l'oiseau qui vole ;
Voudrais-tu fuir avec lui ?
Il monte, mais il s'isole ;
Ne craindrais-tu pas l'ennui ?
Par la brume qui voyage
Ton regard est enchanté ;
Baisse les yeux, le nuage
Dans les eaux est reflété.
Quoi ! rien ici ne t'attire ?
Rien n'y peut fixer ton cœur ?
Que cherche ailleurs ton délire ?
Qu'as-tu rêvé de meilleur ?
N'est-ce pas dans ces parages
Que naguère tu naquis ?
Qui t'a dit qu'en d'autres plages
Sont de plus beaux paradis ?
Serais-tu la fleur sans tige
Qui s'effeuille au premier vent ?
Vois, il est tant de prestige
Dans l'avenir qui t'attend !
Relève vers la lumière
Ton calice étiolé ;
Que te manque-t-il sur terre ?
Ce qui manque à l'exilé !

LA LAMPE DU SANCTUAIRE.

Quand tout repose auprès du tabernacle,
Et que l'autel, mystérieux cénacle,
        N'a plus d'encens,
Qui te retient dans ce froid sanctuaire,
Tout seul, mon Dieu ! dans ce lieu sans prière
        Et sans accents?

Quel œil te cherche et quelle âme t'adore ;
Depuis le soir jusqu'à la blanche aurore,
        Loin de tout bruit?
A ton amour quel amour vient répondre,
Et dans ton cœur quel cœur vient se confondre
        Durant la nuit ?

16

Pas une voix dans cette solitude !
Un vent d'oubli , presque d'ingratitude ,
          Glace nos cœurs !
Seule , veillant au milieu du silence ,
La lampe sainte éclaire avec constance
          L'autel en fleurs.

Veille toujours , incessante prière !
Eternisant notre hommage éphémère ,
          Remplace-nous !
Dans l'agonie où Jésus souffre et pleure,
Nous ne saurions pour lui veiller une heure
          A deux genoux !

Il a semé tant d'amour sur la terre !
Mais nous dormons , et nos cœurs sont de pierre ,
          Fermés au ciel !
Lampe d'amour , sainte et pieuse étoile ,
Quand vers le soir tout s'endort et se voile
          Près de l'autel,

Ressouviens-toi , seule à cette heure sombre,
Seule avec Dieu pour qui rien n'est dans l'ombre.
          Ressouviens-toi
De tous les cœurs où germe une tendresse
Pour ce Jésus que l'univers délaisse ,
          Vide de foi !

Mêle à ces feux ta virginale flamme ;
Porte au Seigneur ces souvenirs de l'âme,
  Avec le tien ;
Et de nos cœurs rends pour lui l'étincelle
Comme toi douce et comme toi fidèle,
  Phare divin !

J'aime, le soir, ta lueur dans le temple,
Comme un regard qui supplie et contemple,
  Voilé de pleurs ;
Et quand l'autel resplendit de lumière,
C'est toi toujours, c'est toi que je préfère
  Parmi tes sœurs ;

Car tu n'es pas pour les seuls jours de fête ;
Et jour et nuit ton flambeau nous répète :
  « Fidélité ! »
Au firmament de nos vieilles églises
Plane toujours, toi qui me symbolises
  L'éternité !

SON RÊVE.

C'est pour créer que son front se recueille
Tout frissonnant sous un souffle divin ;
Un laurier vert sur sa tête s'effeuille ,
Le monde entier saura son nom demain.

Songe fiévreux d'artiste ou de poëte ,
Qu'a-t-il au cœur qui le fasse souffrir ?
Laissez errer son regard de prophète ,
N'arrêtez pas le flot qui va jaillir.

Laissez-le seul, tout seul avec son âme!
Laissez-le seul avec sa vision ;
Avec la voix qui le trouble et l'enflamme
Il lui faut l'air, l'espace et l'horizon !

Passez, passez, il n'est plus de ce monde !
A votre appel il ne répondrait pas ;
Il n'entend plus que les soupirs de l'onde
Et que l'esprit qui lui parle tout bas.

Chef-d'œuvre d'art, chef-d'œuvre d'harmonie,
Son rêve, à lui, vous le saurez demain ;
Et vous direz que la main du génie
A sur ce front marqué son sceau divin.

Plusieurs, flattés d'être appelés sceptiques,
Resteront froids quand tous applaudiront ;
Il n'entend pas leurs rires sardoniques,
Son piédestal est plus haut que leur front.

Ce qu'il lui faut d'insomnie et de fièvre
Pour mettre au jour son céleste idéal,
Ils l'ont nié, le sourire à la lèvre,
Disant : « Où sont les martyrs de ce mal ? »

Mais il a, lui, le souvenir du Dante,
Et de Byron, le grand désespéré !
D'Ezéchiel la sublime épouvante
Descend parfois dans son cœur déchiré.

Il le sait bien, ce que coûte la gloire !
Il le sait bien, ce qu'il faudra souffrir !
Mais à son art Dieu lui donna de croire,
Et ce qu'il veut, c'est créer ou mourir !

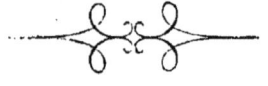

LES MYSTÈRES DE LA TOMBE.

La pluie avec lenteur fait un lac de la route ;
On dirait qu'une voix gémit dans chaque goutte ;
Tout pleure, se lamente et paraît s'endormir ;
A ces soupirs nos morts mêlent-ils leur soupir ?
O brise, qui sur moi passes comme une étreinte,
Des tombeaux quelquefois recueilles-tu la plainte ?
Sais-tu ce que l'on fait sous ces marbres si lourds,
Et si les yeux fermés le seront pour toujours ?

    — Tais-toi, murmure tes prières ;
    Laisse leur sommeil aux absents ;
    Moi je souffle pour les vivants,
Ne me demande pas ces effrayants mystères.

Mais je veux les savoir ! mais je veux dévoiler
L'inconnu qui me pèse et qui me fait trembler !
Où sont ceux que j'ai vus m'aimer et me comprendre ?
Et n'ont-ils palpité que pour devenir cendre ?
Où sont-ils ? qu'as-tu fait de ces âmes mes sœurs,
O mort !... spectre sanglant au diadème sombre
Qui souffles l'agonie et qui règnes dans l'ombre ?
Qu'as-tu fait, réponds-moi, du feu de tous ces cœurs ?

           — Tais-toi, murmure tes prières ;
           Laisse leur sommeil aux absents ;
           Moi je ne dis rien aux vivants,
Ne me demande pas ces effrayants mystères.

Mes morts ! mes pauvres morts ! mais je veux les revoir !
Oh ! qui donc m'apprendra ce que je veux savoir ?
Firmament obscurci, firmament sans étoiles,
Couvres-tu mes amis de tes immenses voiles ?
O langage des eaux, confidences des bois,
Si je vous comprenais, vous me diriez peut-être :
« Ils sont là ! » Par pitié fais-les-moi reconnaître,
Nature aux bruits divins, nature aux mille voix !

           — Tais-toi, murmure tes prières ;
           Laisse leur sommeil aux absents ;
           Dieu m'a faite pour les vivants,
Ne ne demande pas ces effrayants mystères.

Dieu ! mais c'était bien lui, l'unique Créateur
Qui naguère avait mis ces cœurs près de mon cœur !
Eh bien ! c'est toi, mon Dieu ! toi qui vas me le dire :
Tu les as, n'est-ce pas, ranimés d'un sourire ?
Perdus dans ton amour et ta divinité,
Tout l'infini des temps leur paraît moins qu'une heure ;
Ils chantent, n'est-ce pas, tandis que je les pleure,
Moi qui ne comprends pas le mot d'éternité ?

    — Enfant, murmure tes prières ;
    Je veille au sommeil des absents ;
    Pour les morts et pour les vivants
Prie, et je t'ouvrirai de consolants mystères.

A UNE SŒUR DE CHARITÉ.

Au premier âge de mon cœur
Je vous appelais mon amie ,
Mais dans votre nouvelle vie
Comme tous je vous dis : Ma sœur !

Ma sœur !... qu'elle est touchante et belle
Cette sublime mission ,
D'être la sœur universelle
Et de n'avoir plus d'autre nom !

Ma sœur !... vous dit la mendiante
Qui vous raconte ses douleurs,
Ainsi que la dame opulente
Qui vous aide à sécher des pleurs.

Ma sœur !... vous dit la bouche rose
Des enfants que vous recueillez,
Et la lèvre pâle et morose
Des vieillards que vous consolez.

De toutes ces voix le mélange
A son écho jusques au ciel.
Ma sœur ! doit vous redire l'ange,
L'ange qui se cache à l'autel.

O destinée heureuse et douce,
De recueillir auprès de soi
Tous ceux que le monde repousse,
Et de leur enseigner la foi !

De guérir toutes les souffrances
Par la prière et la bonté ;
D'oublier toutes les sciences
Pour celle de la charité !

Là, point d'orgueilleuses chimères !
Jamais de plaisir importun !
Là, plus que nos fleurs éphémères,
Les épines ont leur parfum.

Ma sœur ! oublieuse du monde
Et de ses rêves insensés,
Songez dans votre paix profonde
A ceux que vous avez laissés !

Et puisque pour vous l'existence
Désormais n'est que charité,
Un acte de compatissance
A chaque moment répété,

Lorsqu'au pied du céleste trône
Vous direz vos mots les plus doux,
Faites-nous quelquefois l'aumône
D'une prière à deux genoux !

AGONIE.

———

Blanche, ma sœur, je vais mourir;
Viens me redire une prière;
Je sens que c'est l'heure dernière
Et bientôt le dernier soupir.
Il faut aujourd'hui sans murmure
M'endormir comme tout s'endort.....
— Eloigne, enfant, ce triste augure,
C'est un rêve! — Non, c'est la mort!

Déjà ma paupière retombe,
Voilant mon regard presqu'éteint;
J'entrevois la nuit de la tombe
Où vous me placerez demain.

Viens, pour te regarder encore
Je veux faire un suprême effort !
— Enfant, ce nuage incolore
C'est la nuit ! — Non, non, c'est la mort !

Blanche, ma sœur, mon cœur se glace !
Blanche, ma sœur, approche-toi !
A mon âme Dieu fera grâce
Si la tienne implore pour moi.
Oh ! le frisson me paralyse
Plus glacé que le vent du nord !
— Enfant, écoute loin la bise,
C'est l'hiver ! — Non, non, c'est la mort !

La mort !.. adieu !.. mon front succombe;
L'ange m'appelle avec amour !
Tu mettras de mon plus beau jour
Le diadème sur ma tombe.
L'agonie !.. adieu !.. je m'endors...
Adieu !.. je m'éteins, je te laisse !..
— Mais non, enfant, c'est la faiblesse,
Le sommeil !.. — Oui, celui des morts !

POÈTE ET POÉSIE.

LE POÈTE.

Fille du ciel, adieu ! d'autres cœurs sans murmures
Monteront jusqu'aux cieux par ton vol entraînés ;
Moi, j'ai reçu déjà trop d'amères blessures ;
L'idéal est trop loin ! reine des âmes pures,
Adieu !.. mon front s'unit aux fronts découronnés.

LA POÉSIE.

Enfant ! déjà vaincu ? mes palmes sont si belles !
Veux-tu placer la chute aussi près du départ ?
Je te soutiens ! volons aux sphères immortelles !
L'âme sans idéal, c'est un oiseau sans ailes,
    Une prunelle sans regard !

LE POÈTE.

Non ! j'ai peur de l'exil, des solitudes mornes,
Car nul ne veut me suivre en tes pays lointains !
Tes magiques palais, pour moi seul tu les ornes ;
Oh ! j'ai peur de l'espace et du désert sans bornes,
Et cependant c'est beau, bien beau, d'être un des tiens !

LA POÉSIE.

Oui, c'est beau ! viens à moi ! reviens; ma voix console!
Tu verras sous tes pieds tous les pics menaçants.
Suis-moi vers l'horizon où ton désir s'envole !
L'âme sans idéal, c'est la nef sans boussole,
　　　La fleur veuve de son encens !

LE POÈTE.

Je monte !.. c'en est fait !.. sirène caressante,
Je te suis, je m'envole aux pures régions ;
Oui, j'ai tout oublié !.. ma plaie encor saignante
S'est fermée au contact de ta main consolante,
Et j'ai séché mes pleurs au feu de tes rayons.

LA POÉSIE.

Monte, monte, toujours ! laisse avec moi ton âme
Pour planer de plus haut gravir l'immensité !
Viens voir où des soleils l'étincelle s'enflamme ;
L'âme sans idéal, c'est un foyer sans flamme,
　　　Un autel sans divinité !

LE POÈTE.

Hosanna!.. Poésie, à toi seule mon être !
A toi tout ce qui vit dans mon humanité ;
Ces battements d'un cœur que ta voix fait renaître,
Ces élans inconnus dont je ne suis plus maître,
A toi, qui m'as appris tout ce que j'ai chanté !

LA POÉSIE.

Médite à deux genoux la divine pensée ;
Sois des créations la harpe de vermeil,
Et qu'aux foyers d'en-haut ta flamme soit puisée ;
L'âme sans idéal, c'est l'herbe sans rosée,
    C'est le firmament sans soleil !

LE POÈTE.

L'idéal, c'est ma vie ! une vie éternelle !
Je veux fuir à jamais tout terrestre penchant !
Mon cœur, dilate-toi ! mon âme, ouvre ton aile !
Là-haut, sur les sommets, la poésie appelle,
Montons, malgré l'orage et malgré l'ouragan !

LA POÉSIE.

Viens, j'ai ton idéal pour couronner ton rêve !
Ne crains pas les éclairs qui sillonnent l'iris !
Gravis, rude soit-il, le sentier qui t'élève !
L'âme sans idéal, c'est la plante sans séve,
    C'est le désert sans oasis !

TROIS FEMMES.

Elle était grande et forte, et marchait en chantant ;
Le sourire brillait sur ses lèvres vermeilles.
De la terre et du ciel admirant les merveilles ,
Elle ouvrait son œil pur comme un astre éclatant.
Si l'obstacle éloignait l'objet de son envie ,
Elle renversait tout de ses deux bras vainqueurs.
Sa poitrine abritait le plus bouillant des cœurs ,
    Et cette femme était la Vie.

Une autre l'approchait ; son regard délirant
Comme un soleil d'été contenait des tempêtes ;
Elle semblait gémir des syllabes muettes ;
Ses doigts étaient crispés , son front était brûlant.
Des frissons inconnus s'agitaient sur sa lèvre,
Son teint avait parfois de subites pâleurs,
Puis soudain reprenait d'éclatantes couleurs,
     Et cette femme était la Fièvre

L'autre était froide et pâle et regardait sans voir;
Elle avait l'air d'attendre , immobile, insensible,
Dans ses bras étendus une proie invisible.
Sa tête s'appuyait sur un grand marbre noir.
L'âme avait disparu de ce corps, temple vide !
C'est ainsi que doit être un fantôme qui dort :
Son cœur ne battait plus, son front était livide ,
     Et cette femme était la Mort !

Elle dormait ainsi sous l'œil de la nature
Qui seule lui jetait un funèbre soupir ;
Et nul n'osait passer dans sa vallée obscure.
     Car l'approcher faisait mourir.

Voyageant, explorant, les deux femmes premières
Sur un rocher voisin passèrent sans la voir;
Rien ne les arrêtait , ni ronces, ni barrières,
     Ni la foudre dans le ciel noir.

Toutes les deux couraient de montagne en montagne
Depuis l'aube, toujours cheminant au hasard ;
Et la Fièvre entraînait sa vaillante compagne
    Sous son magnétique regard.

Ensemble les voilà sur le bord de l'abîme ;
— Que c'est beau ! — Le prestige a fasciné leurs yeux ;
Et leur corps ébranlé roule de cime en cime,
Et la Mort dans ses bras les reçoit toutes deux.

Il est ainsi des cœurs que le péril enivre,
    Que l'inconnu fait tressaillir !
    La fièvre fait bientôt mourir,
    Mais aussi, comme elle fait vivre !

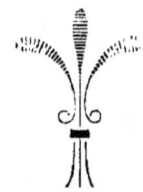

A MON ONCLE ET A MA TANTE P.

Sur la mort de leur Fille Eulalie.

L'éternité vient d'entr'ouvrir sa porte
Pour recevoir l'âme de votre enfant.
Et tandis qu'en pleurant vous disiez : « Elle est morte ! »
Elle allait s'éveiller aux pieds du Tout-puissant.

Morte !... Ce mot pour vos cœurs est un glaive !
Morte ! ... Ce mot, ne le prononcez plus ,
Elle entre dans la vie, elle a fini son rêve !
A nous l'exil amer, la patrie aux élus !

Dites-vous bien que ce n'est qu'une absence ;
Mêlez toujours l'espérance à vos pleurs ;
Priez ! car la prière est un pouvoir immense
Pour apaiser le ciel et consoler nos cœurs.

Oui, vous verrez qu'il est dans la prière
Une invincible et suprême union !
Car les âmes n'ont pas entr'elles de barrière,
Comme l'homme mortel à l'étroit horizon.

Vous sentirez que votre fille absente
Entend vos cœurs soupirer en priant ;
Et qu'elle vous rend grâce, et que son âme aimante
Dans un monde invisible est toujours votre enfant !

A MADAME A. L.

Vous savez que j'aime les fleurs,
Et vous m'en donnez de charmantes ;
Moins frêles et plus odorantes,
J'aime surtout celle des cœurs.

Aussi je recherche un symbole
Dans tout bouquet que je reçois ;
Chaque branche prend une voix,
Chaque fleur m'est une parole.

Ce que je lis avec ardeur
Dans le fond de chaque calice
Naît peut-être de mon caprice;
Qu'importe, si c'est mon bonheur ?

D'ailleurs, ces roses virginales
Ne doivent pas savoir mentir;
Mon âme prend trop de plaisir
A leurs réponses idéales.

En les prenant de votre main,
Suaves, blanches et rêveuses,
J'ai lu dans leurs coupes neigeuses :
« Sympathie !... » Un mot tout divin !

Si c'est vous qui dans un sourire
L'aviez laissé tomber pour moi,
Je viens, pleine d'un doux émoi,
Le chanter pour vous sur ma lyre.

LES SOUPIRS DU VIEUX BEFFROI.

C'est moi, le beffroi solitaire !
C'est moi qui, fidèle au malheur,
Marque de ma voix séculaire
Les étapes du grand marcheur !

Nul ne sait mieux que moi ce qui dort de décombres
Sous les murs affaissés, et sous les grandes ombres
    Des lourds et vieux créneaux ;
Nul n'a vu plus de nuits cacher plus de mystères ;
Nul n'entendit jeter plus d'adieux funéraires
    Aux lugubres échos !

Mais j'ai mémoire aussi de plus d'un jour de fête ;
Bien souvent j'ai mêlé du haut de ce grand faîte
    Ma voix au son du cor.
Et sur le pont-levis le soir j'ai vu s'abattre
Limiers ensanglantés, vassaux las de combattre,
    Seigneurs aux casques d'or !

J'ai vu l'encens monter des oratoires sombres ;
Des générations j'ai, comme des voix d'ombres,
    Recueilli les adieux.
J'ai sonné le qui-vive aux guerres féodales ;
Et puis j'ai vu crouler sur des pentes fatales
    Le passé radieux !

Aussi, tombant sur vous, si ma voix presqu'éteinte
Est lente comme un glas, triste comme une plainte,
    Vague comme un soupir,
C'est qu'elle a tant sonné d'heures agonisantes !
C'est qu'elle sent vibrer ses notes frémissantes
    Au vent du souvenir !

    C'est moi, le beffroi solitaire !
    C'est moi qui, fidèle au malheur,
    Marque de ma voix séculaire
    Les étapes du grand marcheur !

A MES FLEURS.

Sous votre haleine douce et chaude
Vous m'endormez, gentilles fleurs ;
Et les beaux rêves que je brode
S'évanouissent en vapeurs.

Je sens mes paupières se clore
Et mon front même s'alourdir ;
Est-il vrai, mes fleurs que j'adore,
Que parfois vous faites mourir?

Oui, l'on dit que votre corolle
Cache des poisons dans son cœur;
Qu'à les sentir l'âme s'envole,
Et cependant je n'ai pas peur.

Ce que m'épanchent vos calices
C'est l'extase et non pas la mort;
Je me confie avec délices
A l'atmosphère qui m'endort.

Et d'ailleurs, pourquoi vous craindrais-je?
Ce n'est pas moi qui ce matin
Ai ravi, pourpre, azur et neige,
Vos corolles dans le jardin.

Mais je vous ai, toute joyeuse,
Offert mon hospitalité,
Et la goutte d'eau généreuse
Qui vous rend fraicheur et beauté.

Mes fleurs, que vous avez de grâce
Dans ce pêle-mêle coquet!
Votre sourire me délasse;
Ma chambrette devient bosquet.

Que je vous plains quand des barbares
Pour qui vous n'avez point poussé,
Font de vos tiges les plus rares
Un bouquet raide et compassé !

Mes pauvres fleurs, suaves reines
A l'abandon si gracieux,
Faut-il sous de cruelles chaînes
Voir souffrir vos fronts radieux ?

Ici du moins vous êtes libres ;
Dans l'espace balancez-vous ;
Bercez vos délicates fibres,
D'où s'élève un parfum si doux.

Moi, vous craindre ?... non, je m'embaume ;
Je veux rêver, endormez-moi ;
Transportez-moi dans ce royaume
Dont le caprice est le seul roi !

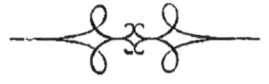

PRIÈRE D'UNE JEUNE FILLE

A SON ANGE GARDIEN.

Bel ange heureux, mon invisible frère,
Je viens te dire à genoux ma prière
          Avec émoi !
Dans mon sommeil j'ai vu passer ton aile,
Et je voudrais être pure comme elle !
          Ecoute-moi :

Où trouves-tu cette neige divine ?
Où puis-je voir tes lis, ton aubépine
          S'épanouir ?
Qui t'a brodé cette écharpe qui vole,
Et chaque soir me caresse et me frôle
          Sans m'éblouir ?

Si c'est un don de la Vierge Marie
Qu'avec amour je salue et je prie
    Même avant toi,
Demande-lui, penché devant son trône,
Comme la tienne une blanche couronne
    Faite pour moi.

Car je voudrais, ne fût-ce qu'en un rêve,
Prestige heureux qui le matin s'achève,
    Te ressembler !
Quand je te vois fuir aux célestes plaines,
Je sens mon cœur prêt à rompre ses chaînes
    Pour s'envoler !

Peut-être, avant d'être toi-même un ange,
As-tu subi de notre monde étrange
    L'amère loi ?
Peut-être as-tu, bonheur de la famille,
Porté naguère un nom de jeune fille
    Tout comme moi ?

Oh ! si tu fus une enfant de la terre,
Révèle-moi l'empreinte sur la pierre
    De tes genoux ;
Pour que je prie où pria ta jeune âme,
Dont Dieu changea la figure de femme
    En traits si doux !

Puisqu'à mon cœur il te donna pour guide,
Fais-moi toujours de ton aile une égide !
         Car, vois-tu bien,
Le ciel parfois est si noir sur ma tête,
Que sans ton bras pour calmer la tempête
         Je ne puis rien !

Enseigne-moi dans quel tendre langage,
Durant les jours de ton pèlerinage,
         Tu nommais Dieu !
Où tu passas fais aussi que je passe !
Pour que mon âme, en volant sur ta trace,
         Monte au ciel bleu !

A MLLE AMÉLIE C.

J'avais rêvé parfois une fleur étrangère
Au suave parfum, au rêveur abandon,
A la grâce à la fois enchanteresse et fière,
Et de ses charmes seuls parant son horizon.
Cette fleur inconnue, étoile de mes songes,
Que mon cœur réclamait à l'Eden des élus,
Et que je croyais née au pays des mensonges,
Je l'ai trouvée en vous, je ne chercherai plus.

18

J'ai souvent regretté l'époque féodale
Où la femme régnait en souriant toujours,
Animait autour d'elle une sphère idéale,
Inspirait d'un regard bardes et troubadours ;
Et mon âme évoquait un nom de suzeraine
Pour saluer de loin tous ces charmes perdus ;
Mais je revois en vous la femme au front de reine,
Mon regard consolé ne la pleurera plus.

J'ai vu souvent passer dans l'ombre de mon âme
Une image sans nom, un être indéfini
Qui n'était à mes yeux ni chérubin ni femme,
Mais que j'aimais à voir comme un songe béni.
Cette apparition, souffle pur et céleste,
Passait comme un éclair sous mes regards déçus ;
Désormais, Amélie, en mon cœur elle reste,
Car votre souvenir ne me quittéra plus.

L'ABSENCE.

A mon amie Susanne St-S.

Nous la connaissons bien cette main froide et lourde
Qui chasse le sourire et qui glace le cœur ;
Cette ombre qui nous dit de sa voix lente et sourde :
« Appelle !... c'est en vain ! l'espace est là, vainqueur ! »

Souvent nous l'entendons, cruelle et menaçante ,
Alors que d'espérer notre cœur a besoin ,
Répondre aux rêves d'or de notre âme souffrante ;
Non, non, n'y songe plus ! regarde, c'est si loin ! »

Et sous nos yeux s'étend l'espace inexorable,
Vaste, immense, lointain, railleur et tout-puissant !
O songes du retour ! ô mirage ineffable !
Espoir ! céleste voix au timbre caressant,

Dussiez-vous nous tromper, — l'avenir est le maître ! —
Promettez-nous encor quelques jours de bonheur !
Nous nous endormirons sur la foi d'un peut-être :
Ce mot tombe parfois si doux sur notre cœur !

SYMBOLES.

Jeune fille, quel doux prestige
Ramène sans cesse les yeux
De la fleur qui dort sur sa tige
A l'étoile qui veille aux cieux ?

Connais-tu leur pur idiome ?
Te l'apprennent-elles sans art ;
La fleur par son suave arome,
L'étoile par son doux regard ?

Oui , j'ai lu sur ton front candide ,
Et surtout dans ton œil rêveur ,
Ce que t'a dit l'astre limpide ,
Ce que t'a dit la tendre fleur.

Étoile et corolle gentille
Toutes deux te nomment leur sœur;
L'une t'appelle à la charmille ,
L'autre au ciel élève ton cœur.

Et la fleur t'a dit : Je parfume !
Je souris! au zéphir j'ai foi !
Oh ! loin de toi toute amertume !
Parfume et souris comme moi.

Pour guérir j'offre le dictame
Qui de ma vie est la moitié ;
Prodigue aux blessures de l'âme
Le doux baume de ta pitié.

Sache aimer sans en être vaine
La couronne de ton printemps ;
Belle et jeune !. deux noms de reine
Que l'on ne porte pas longtemps !

L'astre t'a dit : Je suis le phare
Qui dans l'ombre des cieux reluit;
Près de toi si quelqu'un s'égare
Sois une étoile dans sa nuit.'

Aime à regarder dans l'espace
L'éclat lointain de mon fanal ;
Si tu rêves d'être à ma place
Garde ton cœur vierge de mal.

Quand, pour rouler dans les abîmes,
Du ciel un astre est isolé ,
Je tremble aux rayonnantes cimes,
Et je pleure sur l'exilé.

De même lorsqu'une âme tombe,
Enfant, plains-la, mais sans orgueil !
Qui sait si ton vol de colombe
Ne sombrera sur nul écueil ?

— Puis, la fleur fermant sa corolle
L'étoile voilant sa lueur ,
Toutes les deux, mais sans parole,
T'ont dit à l'âme : « Adieu, ma sœur ! »

Et voilà pourquoi, jeune fille,
Tes yeux vont de la terre au ciel,
Tandis que sur tes lèvres brille
Un sourire surnaturel.

Ces ineffables confidences
T'ont mis une auréole au front ;
Et tu médites ces croyances
Dans un recueillement profond,

En te redisant sous ton voile
Qu'il fait bon dilater son cœur,
Pour rayonner comme l'étoile
Et parfumer comme la fleur.

CE QUI LUI RESTA.

—◁●▷—

Il était seul là-haut, la montagne était sombre,
Le sommet dominant et l'horizon désert,
Égaré dans l'espace où le regard se perd,
Il n'avait pas senti le froid retour de l'ombre.

Soudain un feu brillant perça l'obscurité ;
Le rêveur attardé releva sa paupière
Et vit passer sur lui l'éclat d'une lumière
      Qui sillonna l'immensité.

         C'était l'éclair, c'était l'orage,
         Terrible et beau sur ces hauteurs ;
         Le feu dévora le nuage,
Et la foudre sans frein déchaîna ses fureurs.

Visions , mirages immenses !
Sublimes épouvantements !
Le regard du Dieu des vengeances
Dans les cieux empourprés s'allumait par moments.

Et sous cet œil brûlant, la tempête effroyable
Déchirait en hurlant le manteau de la nuit ;
Et tous les vents formaient un chœur épouvantable ,
Et l'ouragan passait et tout était détruit !

Arbres déracinés , grandes roches fendues ,
    Fleuves tombés des nues ,
Tout allait s'engouffrer, sinistre et lourd chaos ,
Dans l'abîme sans fond aux lugubres échos !

Et les rochers tremblaient sous les cris de la foudre
Redits de mont en mont avec des bruits sans fin ;
Le voyageur croyait voir fuir le monde en poudre ,
Et l'eau noyait son corps, mais il n'en savait rien.

Il resta là, debout, l'âme étreinte et muette ,
Tout le temps que dura, majestueux à voir ,
Ce grand fracas des cieux, ce délire du soir.
Le lendemain , l'horreur avait blanchi sa tête
Et sillonné son front... mais il était Poëte !

LA CONSCIENCE.

Ecoute-moi, vie incertaine ;
Faible cœur d'homme, écoute-mo   :
Pour guider l'ignorance humaine
Dieu me mit dans tous comme en toi.
Je marche droit, je vise juste,
Frappant le mal, louant le bien ;
Car je suis le censeur auguste
Qui juge et ne pardonne rien.

Tu veux en vain de ta misère
Etouffer les secrets aveux ;
Je pèse au poids du sanctuaire
Et mets ta valeur sous tes yeux.
Du Très-Haut l'intime science
Me découvre le fond des cœurs ;
C'est moi qui suis la Conscience,
Cet astre sans reflets menteurs.

En toi réside , inévitable ,
Mon œil qui ne s'endort jamais ;
Le remords, glaive inexorable .
Est un de mes cruels bienfaits.
Pour m'échapper , fais-moi l'insulte
D'amonceler poussière et bruit ;
Ma voix couvrira le tumulte ,
Mon regard percera la nuit.

En vain recouvres-tu d'un voile
Et chaque faute et chaque erreur ;
Je sais quel vent pousse ta voile ,
Quelle corde vibre en ton cœur.
Moi qui connais à fond tout homme ,
Je t'apprendrai... pourquoi crains-tu ?
Je t'apprendrai comment Dieu nomme
Ce que tu nommes ta vertu.

Si devant lui tu t'agenouilles
Dans un sincère repentir ,
De l'orgueil jetant les dépouilles...
J'aurai des chants pour t'applaudir.
Mais ma voix fera ton supplice
Tant que tu seras vanité,
Car je suis sœur de la Justice
Et fille de la Vérité.

TABLE.

—◦◦—

288

FIN DE LA TABLE.

www.ingramcontent.com/pod-product-compliance
Lightning Source LLC
Chambersburg PA
CBHW071858020726
47502CB00003B/801